EL JARDIN DE LOS DESENGAÑOS

Ramon Marti Moliné

EL JARDIN DE LOS DESENGAÑOS, es una novela basada en una parodia del clásico hombre de la sociedad catalana, que después de pasar por las vicisitudes que le depararon los avances democráticos de los años ochenta, decide autoexiliarse en un país del sudeste asiático, y buscar en él un estado armónico lejos del estrés en que estaba sometido. Pasado el tiempo, cuando regresa, se da cuenta que los problemas que tuviera antes de su partida no se han disuadido, si no todo lo contrario se han mantenido y aumentado.

Juan Marrasé fue un idealista que luchó por el restablecimiento de la democracia y las instituciones catalanas, que como buen emprendedor se abrió camino en el mundo de los negocios, que tenía un concepto moral muy elevado sobre el estamento familiar, y que todo se le vino abajo por causas ajenas a lo que él quiso construir.

A mis hijos Jaume y Dawnoi

CAPITULO I
LA HUIDA

Cuando salió del aeropuerto, viendo la inmensa ciudad que ante él empezaba a despertar, o mejor dicho, iniciaba sus tareas diurnas, porqué Bangkok nunca duerme, mientras el creciente ruido de los coches que circulaban por las carreteras de las inmediaciones, se incrementaba en un estrépito y ensordecedor zumbido de motores y escapes al unísono que integran la monotonía de la vida cotidiana, y los taxistas apresuraban en cargar el equipaje de los viajeros que salían del aeropuerto con las carretillas repletas de maletas y embalajes, mientras los primeros rayos de sol despuntaban en el horizonte y atenuaban la luz eléctrica que manaban de las farolas que bordeaban las entradas y salidas adyacentes, pensó Juan Marrasé que todo lo que podía vivir a partir de entonces era tiempo prestado, que todo lo que a pesar había dejado atrás, formaba parte de un pasado al que no podía aferrarse si quería subsistir. Si quería encontrar la paz consigo mismo debía ahuyentar de su memoria su pasado confuso y oscuro que lo había transportado de la forma más absurda a aquella situación, y a aquel país que estaba pisando, y que nada tenía que ver con él ni con sus predecesores, ignorando precedentes que se asemejaran, un país ignorado hasta entonces, donde el idioma, las costumbres y la propia raza eran diferentes.

Iba tan aturdido que ni siquiera se percató del mostrador bajo el voladizo donde se despachaban los vales para el taxi según su destino, iba arrastrando maquinalmente la carretilla con su equipaje , una maleta enorme de gris oscuro con una etiqueta con su nombre junto al anagrama de la compañía aérea en que había viajado, y una bolsa de cuero color negro con ribetes rojos de dimensiones medianas, todo en ello consistía su equipaje, el equipaje escueto y fugaz que al azar y sin premeditación dióle tiempo en reunir, cuando se le volcaron a la vez infortunios y acreedores; mientras iba siguiendo involuntariamente con la rueda central de la carretilla la junta de las baldosas de la amplia acera, se podía leer en su rostro que además del cansancio visible en sus párpados y ojos enrojecidos, había dejado atrás algún infortunio, que había escapado de alguna vicisitud. De no ser por el guardia de la barrera que daba acceso al recinto, hubiera salido de él llevándose involuntariamente la carretilla, pero el final de la acera que transcurre paralelamente la fachada del aeropuerto y el hombre uniformado se lo impidieron, y tuvo que volver sobre sus pasos hasta la puerta principal donde se encontraban los servicios públicos de transporte, donde sin preguntar precio ni regateo alguno, se hizo llevar a un hotel barato.

Le indicó al taxista, un hombre recio de unos cuarenta años aproximadamente, a pesar que en Asia las apariencias de la faz son engañosas para el concepto occidental del envejecimiento del rostro que lo dejara en un hotel económico y cercano a la estación del tren y la parada de autobuses de largo recorrido; - contradicción ésta por que si lo dejaba cerca de un sitio quedaba alejado del otro, pero como los dos intentaban comunicarse con un inglés muy deficiente, y a sabiendas que Juan Marrasé no conocía en absoluto nada de la ciudad, tuvo que asentir con el hotel que le formuló el conductor, y que luego se dio cuenta que no estaba cerca ni de la estación del tren ni de la parada de autobuses, como tampoco tardó en enterarse que cada taxista percibe una propina de cada hotel al que lleva un cliente, a eso achacó Juan y a nada más que lo hubiese traído a aquel hotel, que sin ser de lujo, nada tenía que ver con lo que le había sugerido al taxista, como tampoco le asombró la picaresca utilizada, porqué venía del paraíso de estas artes.

Ahora tendido Juan en la cama de aquella habitación de dimensiones más bien reducidas, pero moblada aunque con cierta sencillez con bastante pulcritud: un tocador escritorio con cajones y luna de cristal, un sillón de mimbre y una mesita ovalada también del mismo material, una mesita de noche adosada al cabezal que sostenía una lámpara de pantalla anaranjada con lágrimas diminutas de cristal blanco y un teléfono antiguo de baquelita pintada de negro que no funcionaba por que estaban arrancados los cables y el enchufe, seguramente por algún desaprensivo cliente que quiso mostrar así su desacuerdo con la factura, o algún niño pertinaz de los que se distraen destruyendo a hurtadillas de los padres, contaba también la estancia con un armario perchero empotrado en la pared, con media docena de perchas sencillas y deformadas, pero como el corazón de alambre que llevan estas es blando, pueden volverse a su forma original con suma facilidad, y un cuarto de aseo reducido pero completo, con ducha, taza y lavabo, el aseo coincidía en el rellano, donde un escalón lo separaba del resto de la pieza, para dejar allí también el calzado junto un paragüero de latón ya oxidado, pues es costumbre oriental entrar descalzo a cualquier estancia concebida para usos más íntimos.

En el silencio absoluto de la habitación, a no ser por el aspear monótono del ventilador, iba recordando algunos percances dejados atrás tan sólo dos días antes, y los recuerdos se le sucedían en la memoria, algunos con nostálgica tristeza, otros con ironía, y los que más con cierto temor; pensaba en su hijo que sin haberlo abandonado, se vio forzado a dejarlo al amparo de la madre, y ignoraba cuando lo volvería a ver, pues sólo había adquirido billete de ida. Pensaba en sus buenas horas, cuando estaba en la cúspide de la vida social, cuando se codeaba con la flor y nata de la sociedad, y los prohombres algunas veces le pedían consejo, pensaba en su época de lucidez y esplendor político, cuando arremetía contra sus adversarios parodias de estafa o malversación de fondos públicos, que en otro tiempo lo hubiesen acusado por calumnias y desacatos, pensaba en un sinfín de situaciones comprometidas de las que con astucia y pericia había salido ileso, pensaba también, no sin cierto temor y recelo, con el enjambre de acreedores que ahora estarían preguntando por él.

Entre el cansancio y la quietud de la estancia, pues ésta sólo tenía una ventana, y ésta miraba hacia un patio interior y no hacia la calle principal bien concurrida a estas horas, le sorprendió el sueño. Juan Marrasé contaba entonces treinta y ocho años, tenía

13

las sienes blanquecinas, y la barba aunque larga, que le cubría el cuello en su caída, no demasiado espesa, el pelo raído por la brisa mediterránea mostraba las fisuras de haber tenido una caída precoz, aunque él cuidaba en cubrirlo con disimulo con el cabello que dejábase crecer de las zonas más pobladas; así las entradas de la frente. Su estatura no rebasaba el metro setenta, y su constitución era fuerte, ya a los catorce años cuando paró de crecer pesaba setenta y dos quilos y ahora rayaba los noventa. Su padre era de un pueblecito del valle del Ebro limítrofe a Tortosa, allí habían tenido la casa solariega todos sus antepasados, fue éste el cuarto hijo de la familia, y la herencia fue escasa por no acceder a ponerse el hábito como correspondía al último de los vástagos de la casa, ni a seguir la carrera militar como le hubiese gustado al padre de éste ya que la clerical estaba en desuso, por tanto tuvo que conformarse con la migrada herencia que por legítima le correspondió, diez jornales del país, unas dos hectáreas aproximadamente de olivar, y las tierras que le dio a trabajar su hermano el heredero, el primogénito de la casa que además había casado con una pubilla de noble casa y fortuna, que sus antepasados poseyeron incluso título nobiliario, pero por razones políticas les fue arrebatado en época de Sagasta; pues bien, el tío rico como lo llamaba Juan,

14

dejaba que trabajase parte de sus tierras de la huerta su hermano menor, el padre de Juan, que también le llamaban Juan, por un tercio de lo cosechado, pero nunca le acompañó la suerte, ni en la huerta ni en el olivar, ni a la hora de encontrar una buena pubilla que le acompañase el altar, ni tampoco cuajó la prometida que tuvo durante su estancia en el cuartel de Jaca, y celebró esponsales ya tardíos con una chica de un pueblecito de Orense que había entrado a trabajar en una ilustre y prestigiosa casa de Tortosa que se dedicaba al comercio del aceite. Cuando se casó y llevó a su mujer a vivir al pueblo, faltó nada para que la identificaran con el sobrenombre "la forastera", no era pueblo muy versado en la práctica de la lengua castellana, amen del secretario del Ayuntamiento y los guardias civiles, porqué incluso los curas de la parroquia solían ser de Castellón, pero éstos pertenecían a estamentos superiores que con su idioma marcaban la distancia entre la administración y el pueblo llano. La madre de Juan que se llamaba Amparo, o Amparito para la familia y los más íntimos, era por aquél entonces una chica esbelta, cara redonda con facciones graciosas y bien parecidas, tez morena macerada por la brisa del Atlántico y la nieve invernal del valle del Lirma, tenía los ojos verdes esmeralda, y el pelo castaño que lo liaba muchas veces en una trenza gruesa y prolongada, por su simpatía ganóse al poco tiempo la amistad de muchas casas respetables, y por su predisposición a cualquier ayuda casera se había canjeado la confianza de todos.

Aquella mañana cuando despertó y salió a la calle después de haber dormido catorce horas seguidas, en Bangkok eran las ocho de la mañana, y hacía por lo menos dos horas que imperaba en la calle el ajetreo de los coches, el estruendo de los "tuk - tuk - " y las paradas de comida callejeras concurridas, cestas y canastos de los productos más variados eran transportados de una parte a otra afanosamente, el humo de los automóviles producía una nube espesa que no dejaba traspasar los rayos del sol ya alto en aquella hora, pero si hacía sentir su fuerza agresiva sobre los sudorosos transeúntes. Juan Marrasé no hizo más que asomarse a la calle cuando la oleada de calor intenso le inundó la frente y las sienes con la transpiración; y pensar, dijo para sus adentros, que en España se están helando, eran principios de diciembre y aquel habría de ser uno de los inviernos más crudos y hostiles que conociera Europa en los últimos años, pues no amilanó el frío hasta finales del mes de mayo, y estaba muy avanzada la primavera cuando todavía nevaba, y los amantes del deporte blanco se desplazaban a Candanchú, la Molina o Andorra, hasta en los Puertos de Tortosa casi lindantes al mar y que reciben la brisa húmeda del Valle del Ebro tenían sus picos emblanquecidos. Ni el calor asfixiante que reinaba en la calle, ni el agobio que le producía aquella masa humana que circulaba rozando, empujando o abriéndose paso con el objeto que transportara, le impidió que se comiera un buen plato de arroz con ánade y verduras salteadas, pues desde el refrigerio que sirvieron en el avión no había probado bocado, de esto ya habían transcurrido más de treinta horas, y ahora la col cruda, las tajadas de pato en aquella salsa oscura y pegajosa, y el bol de arroz blanco que en otro tiempo hubiese rechazado a su madre si se lo hubiera ofrecido, le parecían manjares.

Exhausto ya de aquel sencillo pero apetitoso ápate, dióle a Juan Marrasé por pensar en otras necesidades que el hombre por el hecho de serlo tiene, a no ser que haya hecho votos de celibato, pero él de célibe no tenía ningún rasgo ni intención, y aunque los últimos años tuvo que conformarse con alguna escapada fugaz y escasa a algún club de los que las señoritas ofrecen sus favores con el tiempo limitado, ahora estaba en un país donde el sexo forma parte de la vida cotidiana, donde no existe nada de estas características que esté vedado, donde todo lo que guste aquí puede encontrar, pues tal es la divisa que venden al turista. Cogió presto un taxi y se hizo conducir a una casa de masajes, pues los taxistas son los mejores consejeros para estos menesteres, y aunque las mejores salas no abren sus puertas hasta media tarde, encontraron una no excesivamente grande que hacía su apertura a las diez de la mañana. Pagó al taxista, y un joven uniformado con pantalones y chaquetilla azul marino con hombreras doradas que estaba junto la puerta, le acompañó al "hall", allí pudo darse cuenta enseguida que era el primer cliente, o de haber otros más madrugadores ya ocupaban sus habitaciones mientras en el "hall" le servían un zumo de naranja, iba contemplando a través del amplio espejo como el escaparate de una pastelería, una treintena de señoritas que aunque hablaban afanosamente la pared de cristal no dejaba oír sus voces, mientras contemplaba aquel espectáculo de túnicas violetas sentadas en escalones circulares como un anfiteatro, y aquellos rostros tiernos con diferentes tonos de ocre, aquellas cabelleras azabache que caían sobre sus hombros y espalda, recordaba su amigo José, un solterón de casi sesenta años que había gastado toda su fortuna en burdeles y prostíbulos, era un hombre tosco y peludo, entre cejas y pómulos sólo quedaba exento de vello las cavidades de los ojos, hasta la nariz debía de afeitarse de vez en cuando, pero las mujeres siempre lo saciaban de halagos, no por su talante áspero y grotesco ni por su apariencia más bien descuidada, ni por su talla baja y rechoncha, sino por que era cliente asiduo de todos los garitos de la zona, y aunque poco hablador decía siempre la palabra precisa que la mujer quería oír, un vamos, sin regateo ni previa tasación de los servicios. Él recorría semanalmente todos los antros y casas de citas de la comarca y otras limítrofes, y jactaba de probar todas las novedades, tan pronto decía: en tal sitio hay una argentina que hace un trabajo estupendo, o en tal otro club hay una riojana con unos encantos preciosos, o en el de más allá hay una portuguesa que me ha decepcionado. Mientras recordaba su amigo, Juan Marrasé escogió una de las señoritas que la identificó al encargado por el número que llevaba en una capa colgando del pecho, y subió a las habitaciones.

Llevaba allí ya una semana, en aquella ciudad inmensa, centro comercial de Asia, una ciudad de casi seis millones de habitantes, esparcidos en barracas de tablas y hojalata en los lugares pantanosos repletos de libélulas y mosquitos, en grandes avenidas con majestuosos hoteles y palacios rodeados de jardines, y bloques de viviendas diminutas y descuidadas parejas a Bellbitge en Barcelona, por cuyos canales descienden mansamente todas las aguas residuales del conglomerado de esdevenizos que allí se congregaban, unos a buscar fortuna, otros a mejor suerte, otros para perecer entre la inmundicia de los bajos fondos; en esta ciudad de libre comercio, se trafica con blancas, armas y drogas de todas las condiciones y naturalezas, se hacen y deshacen tratos que pueden afectar a todos los países, se falsifica, se imita, se copia, se adultera toda clase de producto moderno o antiguo, se regatea hasta la saciedad, en cualquier callejuela se puede comprar o vender desde un helicóptero o un tanque último modelo, o de una imagen sagrada de medidas enormes y cientos de años de antigüedad, hasta frasquitos de ungüento de lagarto, ranas, culebras y lagartijas secas, o manojos de raíces cuya credibilidad sobre sus propiedades es dudosa, se pueden obtener los favores de cualquier niña impúbera, o sodomizar un niño de edad precoz, se puede negociar con los padres la compra de los hijos, o se puede pactar la compra de toneladas de heroína; en estas callejas lúgubres y pestilentes, repletas de desperdicios e infectadas de moscardones, donde juegan los niños en el barro negruzco, y los tarados y limosneros se acurrucan ante una taza de aluminio gimiendo e instigando a los transeúntes para que les dejen caer una moneda, se puede contratar un matón, se puede vender una alhaja, se puede obtener una imitación perfecta de Rolex o Cartier por dos mil pesetas, se pueden obtener prendas de algodón y tejanos de las mejores marcas a precios bajísimos, y se puede sobornar a cualquier funcionario para cualquier ilegalidad.

Con dinero allí se podía hacer fortuna, pero Juan carecía de este, durante toda la semana no había hecho otra cosa que visitar burdeles, hasta los cuchitriles más recónditos del entorno conocía, y aunque estaba en los albores de la madurez un día llevó siete veces una chica a su cama, pero empezaba a hastiarse de lo que durante años hechó a faltar, y pensaba en sus horas de soledad, en la quietud de aquella alcoba que cada día le parecía más estrecha, en las travesuras de su niñez en su pueblo natal y en las aventuras y desventuras mientras trabajó en la costa, allí en un centro turístico de la costa del Azahar tuvo relaciones con una chica de la provincia de Jaén, ella hablaba con tanto ímpetu de su pueblo Villacarrillo, que le costaba creer que se desplazase desde tan lejos para hacer la temporada, y pensar se decía ahora Juan resignado, que yo he tenido que irme más lejos todavía, pensaba en su amigo Antonio el camionero, que aunque teniendo la misma edad que él aparentaba mayor, se le había vuelto el pelo blanco, y aunque lo tenía recio y espeso como cuando niños jugaban por las calles polvorientas del pueblo, aquella blancura tan nítida sin ningún mechón que lo alterase, le daba ya cierto aire de envejecimiento, y no teniendo hijos era feliz con sus lances de carretera, de los que hablaba con tal entusiasmo que se le desprendía siempre una gota de baba por la comisura de los labios, algunas ciertas y otras inventadas, pero siempre cargadas de florituras y trances que de no haberlo conocido cualquiera pensaría que era realmente un Don Juan, pero por su torpeza innata y su ingenua arrogancia, se podía apreciar que no se comía un rosco a no ser pagando. Pensaba en Dionisio con el que tantas travesuras habían compartido, que la suerte lo llevó a trabajar a Argentina, con la fiebre quizás de hacer allí fortuna embarcó un día en el puerto de Barcelona, con un carguero de la Transmediterránea medio polizón medio ranchero, y no había vuelto más, quizás por no afrontar públicamente su fracaso, Juan fue una de las pocas personas que mantuvo correspondencia con él, aunque desde hacía más de dos años no daba señales de vida. Dionisio se había casado con una italiana alta y obesa, él era bajito y endeble, con la mirada un poco desviada, pero irónico hasta la médula, conoció en La Plata a un hermano de ésta que compartían las labores en la misma obra, éste le dijo que tenía una hermana en Italia que quería venir a Argentina cuando su padre muriese, pues era esto lo único que le retenía, ya en su pueblo cercano a Bergamo, en la cuenca del lago de Garda los inviernos

22

son duros y más para una mujer sola, Dionisio le envió cartas llenas de buenas intenciones que el hermano de ésta le traducía, la única foto que le envió fue montado en una motocicleta, a la que ella no pudo apreciar las dimensiones de ambos, así acordaron hacer poderes y celebrar la boda. Al cabo de dos años cuando el padre de ésta murió se personó en La Plata, no sin previo aviso y dándole tiempo a Dionisio a adquirir unos botines que le realzasen un poco la figura, aunque no bastó con esto y los primeros días temía hacer el ridículo, pero luego se adaptaron bien, y tuvieron hijos, y vivían felices según decía éste en sus cartas. Pensaba en René como se hacía llamar ahora, desde que vivía en una masía de las Ardenas Belgas, en realidad se llamaba Renato Casadevall, había sido uno de estos comunistas que desde la clandestinidad se habían trazado la meta en ocupar el poder a cualquier precio, era pragmático y transigente en su retórica pausada y premeditada, y con este disfraz de cordero sobre el verdadero lobo, persuadía a sus correligionarios, convencía a los incautos y se hacía respetar por sus adversarios, desde la sombra tramaba toda clase de maniobras para desplazar a uno o relanzar a otro, o para hundir al de más allá, conseguía introducir a sus lacayos e informadores en todas las instituciones públicas y privadas, con el tiempo y sus maquinaciones consiguió hacerse con una posición decorosa. En pocos años adquirió una pequeña fortuna en inmuebles, fincas y acciones, pero se excedió y puso así fin a su imperio, cuando administraba una cooperativa de viviendas que él mismo había concebido, y que entre los incautos compradores que se sintieron todos burlados y estafados, había abogados, arquitectos y economistas que le inundaron de denuncias por estafa y malversación, los bancos se echaron sobre él, subastaron sus propiedades, y tuvo que refugiarse ante la amenaza de linchamiento por cuantos había defraudado, en la masía de un amigo belga que conocía desde que era una célula del partido. Lástima, pensaba Juan Marrasé, no haberme ido donde él, allí estaría más cerca de los míos y en aquel idioma por lo menos me defiendo, y aquí estoy a la buena de Dios, que para colmo es otro del que yo conozco. Había intentado buscar trabajo en restaurantes italianos que salían anunciados en el Bangkok Post, pero en ninguno estaba el dueño, los encargados todos autóctonos le decían que estaban completos de personal, además hay tanta oferta de mano de obra, que podían obtener personal cualificado después de una selección extensa y minuciosa por un sueldo escaso; hasta un día se acercó a las atarazanas del puerto con intención de embarcar en algún carguero, pero los guardias de aduanas le impidieron el paso. Un joven norteamericano de unos veinticinco años, que según le dijo después había escapado de la justicia de su país, y que ésta lo andaba buscando por robo a mano armada, intrigó a Juan con la idea que si se lo proponía la Interpol podía dar con él, pues siempre andan urgándo por los registros de los hoteles; Mark como se hacía llamar el joven norteamericano era alto de casi dos metros, llevaba el pelo rapado, y todo su cuerpo era como una obra de arte móvil, de la cabeza a los pies llevaba tatuajes, unos en negro, otros en rojo, otros en ambos colores, hasta en los dedos de los pies llevaba tinta introducida bajo la piel, su madre era mexicana de Veracruz, y por eso conocía un poco el español, exhibía sin recato su físico musculoso, y se vanagloriaba de obtener de las mujeres cuanto le antojaba, y esto era cierto, porqué cuando entraba en un club se abalanzaban sobre él como si de su ídolo se tratara. Juan sabía que aunque canjeando su amistad sólo podía recoger las migajas en estos festines, y que ni su físico ni su edad le permitían hacer ningún alarde de semental como hacía éste, y que aunque así hubiese sido, la vida de proxeneta que éste llevaba tampoco le entusiasmaba; así pues a los diez días de pernoctar en aquel hotel de la capital, decidió dirigir sus pasos hacia el interior, buscando lugares menos turísticos y menos frecuentados por los occidentales, sitios más tranquilos que aquella jauría humana que impregna los barrios grasientos y apestosos de la capital del reino del Siam, y después de viajar en el tren nocturno bajo la escasa aireación de los ventiladores llegó al clarear el alba a UdonThani, y se instaló aquella misma mañana en una casita de alquiler a la que tuvo que pagar el mes por adelantado, situada en las afueras pero sombreada por tres palmeras y un enorme tamarindo.

CAPITULO 2
EL ENCUENTRO

Quién lo iba a decir, pensaba Juan tumbado en la hamaca bajo el frondoso tamarindo, tan lejos y tan cerca a la vez de la tierra y del cielo, donde todo es tiempo, amplio, extenso, abundante, interminable,... libélulas de todos los colores y mariposas enormes y vistosas revoloteaban por las copas de majestuosa arboleda, y por los hierbajos que entornaban la parcela picoteaban las gallinas de algún vecino, y en las noches calurosas paseaban con arrogancia las salamanquesas por el círculo iluminado con la luz del porche, haciéndose respetar los limites de su territorio, e imponiendo la ley del más fuerte a los insectos y mariposillas intrusas, en el más perfecto desarrollo del equilibrio ecológico, donde este tiempo inacabable, purificado por la sonrisa tierna y excepcional de estas gentes, puede llenas de desconcierto las mentes occidentalizadas que basan su vida en el movimiento de la aguja del reloj, en la precisión cronométrica de todos sus actos, en la inquebrantable puntualidad impuesta, en la autoesclavisación producto del consumismo. Estas gentes no han alterado sus costumbres ancestrales, han adaptado los adelantos tecnológicos a merced de sus necesidades pero arraigados a las formas y contenidos de sus tradiciones. Mientras la canícula caía interminable, durante las horas en que la siesta era propicia con la ayuda de algún ventilador, a la sombra de las palmeras, donde los racimos de cocos en todas sus fases de crecimiento, aguardaban la vara depredadora de algún sediento glotón, o algún niño desescolarizado, de los que vagan medrando frutos a sus anchas, no sin recibir algún escarmiento de vez en cuando, para extraerles las suculencias líquidas de su interior, pero sin ser motivo de devastación aún cuando sea el más atrevido de los rateros, pues estos agradecidos cocoteros, son el refugio fértil y silencioso durante las horas que el astro padre se muestra más intransigente, y durante las tormentas abruptas y torrenciales en que los monzones revuelcan su amplio hojambre; una anciana octogenaria iba masticando pausadamente y escupiendo de manera rutinaria los trozos de betel con toda la parsimonia de ir ordenando los componentes que llevaba en un cestito, y masticaba y escupía como tantos años llevaba ya masticando y escupiendo, como masticara y escupiera su madre y como masticara y escupiera su abuela, intentando suplir estas horas de letargo, por una actividad mandibular comparable con la de un fumador empedernido que enciende un cigarrillo con la colilla del anterior, y poco a poco con la desidia del tiempo inacabable embetuna toda la cavidad bucal de un color rojo sanguinoso ineludible.

Mientras visualmente recorría el espectáculo de su entorno, Juan pensaba en su madre, que con los años y aquella parálisis parcial producida por una artrosis crónica en las rodillas, había engordado tanto que le era casi imposible moverse del sillón, era un gemido constante durante las noches en vela que ya había adquirido por costumbre, y en el desasosiego que producía a cuantos concurrían por su entorno, y en el ocaso de su vida llena de desdichas y pesadumbres, se veía amordazada a la distancia que separaba la cama del sillón en el comedor. Cuanto sufrimiento pensaba Juan, después de una vida de trabajo incesante. Se acordaba de Grabiel, que después de haber sufrido un desengaño amoroso, aunque estas cosas ya no suelen suceder a menudo a finales del siglo veinte, andaba deambulando por las calles con una imagen de la Virgen del Carmen, y diciendo en voz lastimera y apesadumbrada que aquella era su novia. Lo tuvieron varios psiquiatras en observación, y los que al principio dedujeron un trastorno temporal, luego lo achacaron a una regresión, y más tarde a una paranoia infantil estática, de la que con su astucia inmaliciosa había sabido sacar tajada, pues decía a los de mayor confianza, que de este modo cobraba sin trabajar y aun así podía sacarse otro sueldo vendiendo loterías, que unos compraban por lástima y otros por vicio, pero que él, con su aparente deficiencia se reía de todos.

En un prolífero reducto familiar, donde convivían niños, mayores, ancianos, perros y aves de corral, sin limitar excesivamente el espacio que debía ocupar cada uno, vivía la euforia de los preparativos de una boda: cestas de platos de diferentes tamaños, pilas de esteras de esparto enrolladas, ollas voluminosas para saciar a los más de doscientos invitados previstos, fardos de toldos para ir cubriendo de remiendos los claros de la arboleda circundante, donde se habían acumulado los despojos de quien sabe cuantos años al amparo del sol, lluvias, ratas y moscas; tarjetas de invitación dirigidas a todas direcciones: parientes, amigos, vecinos, autoridades políticas, religiosas y militares, personas de todos los estamentos sociales que por algún motivo se merecían el reconocimiento de la familia, y nombres tan difíciles de pronunciar que difícilmente podía aludir un occidental que no hubiese educado sus cuerdas bocales. Esto le recordaba a Juan su época de monaguillo, cuando en cierta ocasión con motivo de los esponsales de dos jóvenes cuyas familias eran acaudaladas de renombre y prestigio en el pueblo, y habiendo invitado a tantas personas que no podían decir a ciencia cierta quien había invitado a unos o a otros a excepción de los parientes más allegados, esto provocó cierto desconcierto al principio porqué tuvieron que agregar mesa y cubiertos para los comensales que restaban en pié, pero luego las familias que pagaban la comilona lo aceptaron calladamente, creyendo que era la otra parte quien había invitado más personas de las previstas, y así comieron y bebieron de aquellos festejos cantidad de agregados que nadie pudo identificar, entre ellos estaba Juan Marrasé que no habiendo ayudado en los oficios, se agregó al grupo en la sacristía y pudo compartir el festín. Uron Thani era una ciudad de sesenta mil habitantes esparcidos y diseminados como en todas las ciudades de Tailandia a excepción de la capital, en su núcleo principal residían los estrados altos de la sociedad, amen bancos, centros comerciales, estafetas de correos y telecomunicaciones, etc. en las circunvalaciones barrios de construcción nueva, con calles nuevas y con advenedizos nuevos, pero estas construcciones parceladas aunque no poseyeran la proximidad de los servicios, disfrutaban de un entorno más saludable. Las gentes que moraban en estas zonas limítrofes eran funcionarios, agricultores y pequeños comerciantes, que hacían del vecindario más que una relación familiar, compartiendo alegrías y desdichas, festejos y devociones, juergas y comilonas, se ayudaban mutuamente sin ánimo de lucro en construir un edificio, o una cerca a la parcela, o reparar cualquier desarreglo en la vivienda; así cuajó la presencia de Juan entre los lugareños por su voluntariedad cuando requerían refuerzo, que él sin dilación arrimaba el hombro, llevaba un mes allí y compartía saludos con todos, no sin el esfuerzo mímico que ello implicaba, pues aunque hablaba un poco inglés y se había esforzado en aprender un poco allí, aunque sólo fueran palabras sueltas de primera necesidad, las gentes de allí hablaban laosiano dada la proximidad de este país y su pasado histórico, pero una de cal y otra de arena se daba a entender, y supo canjearse la amistad y confianza del vecindario.

Con unos aparatos de megafonía cedidos por una institución de comerciantes chinos afincados en el centro de la ciudad, en la enorme encrucijada de tiendas de artículos de regalo, paradas de productos medicinales, armerías, mercerías, y tiendas de calzado, y un sinfín de paradas de prendas de vestir, se fueron anunciando paulatinamente todos los actos con el relieve que imponía el evento, y para motivar la participación de todos los que no cavían en la sala previamente ornamentada donde celebrabáse el ritual, a tan multitudinaria ceremonia, donde las viejas casamenteras, habían construido y depositado aquel voluminoso centro de flores de cúpula cónica, decorado minuciosamente con rosarios de jazmín, y minúsculas margaritas de todos los colores, con papelinas de hoja tierna de banano y clavelinas liláceas y rosadas, con arroz dulce y serpentinas de orquídeas, con toda la práctica y el saber en aquellas manos arrugadas por el sol, la edad, y tantos años preparando casamientos.

Los hombres jóvenes y fuertes, pues su anatomía, aunque no gorda, si era musculosa, se encargaron de sacrificar un becerro de más de doscientos quilos, era blanco y bien cebado, pues por las astas se podía deducir que no tenía más de dos años, y que ya había sido seleccionado con mucha antelación para estos esponsales, todo con la presunción que habría carne suficiente para los dos días que duraban los festejos; pero llegando la noche del primer día, ya sólo quedaban unos huesos blancos similares a trozos de cerámica, esparcidos por el bancal de moscas, perros, desperdicios intestinales del búfalo sacrificado horas antes, y de los veinte fardos de verduras, los tres sacos de arroz, las cuatro cajas de lisas traídas vivas del Mekong, los veinte quilos de guindillas tostadas y trituradas, y un millar de botellas de refrescos, cerveza y whisky, además de los doscientos litros de agua de pétalos de rosa con azúcar. Eran los últimos días de enero y el calor hacia estragos, las mujeres más robustas y obesas, que les descendían chorreones de sudor por los carrillos colorados, se había autoseleccionado para condimentar aquel abundante alud gastronómico, previsto para tantos comensales con síntomas visibles de voracidad, que alguien se atrevió a decir que no comían como personas, sino que devoraban como leones; en aquel bullicio de parrillas asando pescado y las menudencias del cuadrúpedo degollado, las sartenes voluminosas salteando verduras, setas, manojos de ajos tiernos y mazorcas diminutas de maíz, las magnas ollas hirviendo desmesuradamente los huesos y costillares de la bestia con salvia, menta, jengibre, hinojo, tallos de bambú, y otras plantas de aromas diversos, la hilera de fogones de arenilla refractaria que ocupaban paralelamente toda una ala del recinto, engullía a ritmo de locomotora la pila de sacos de carbón vegetal, donde ocho mujeres de anatomía esférica, pues por su amplitud se deducía que no creciendo a lo alto las mollas les excedían en la anchura, picaban al unísono la carne tierna sobre troncos circulares de teka, como una comparsa de tambores en un desfile triunfal, con los cortantes y hachas relucientes que resplandecían con los rayos del sol, mientras iban vaciando las botellas de licor de forma intransigente para compensar el líquido perdido por la transpiración, y catando de todos los guisos antes de que fueran transportados a aquella explanada de voraces invitados.

El grupo de animación iba montando el escenario en una esquina del entoldado circular, como una carpa de circo instalado en uno de los descampados circundantes, lleno de remiendos y suturas, con algún agujero y partes deshiladas, con una enorme caña central clavada a tierra, y una docena de vientos para mantener el equilibrio, donde alguna anciana voluntariosa, había segado la hierba con una hoz, y apartado las ramas de la arboleda y los cristales de botellas rotas, previniendo de posibles accidentes a la chiquillería que merodeaba descalza. Bandejas de sandía y mango, tinajas de vino de arroz, ramilletes de fruta, de linchí, de rambutan, ristras de plátanos, repostería de coco, sésamo y mandioca, envuelto en hojas de caña y banano, para los más sibaritas en costumbres aborígenes, habían ranas enormes rellenas con sus propias cabezas y tripas trituradas con pimienta y chile, larvas de hormiga roja salteadas con renacuajos y vainas de acacia, cigarras y saltamontes fritos, que adquirían un tono rojizo como si de langostinos se tratara, escarabajos del tamaño de un gorrión tostados a fuego lento para absorber sus ovas deleitadamente, y cangrejos de los arrozales conservados rudimentariamente, en adobo de salazón triturados con picadillo de papaya verde, tomates diminutos y guindillas en cantidades desproporcionadas.

Juan estaba aturdido ante la mirada casi insidiosa de la muchacha que tenía enfrente era una joven que por su talante se deducía que no tenía más de veinte años, su donaire risueño y la sonrisa que por su inocencia resultaba provocadora, aunque no fuera excesiva su belleza le bordeaba una aureola que hacía irresistible la mirada de Juan, del chocar casi continuo de sus miradas se desprendía una morbosidad excitante, provocando ante la reincidencia que ambos se sintieran incómodos y atraídos a la vez; tenía una enorme cabellera azabache, lisa y estirada, sujetada en la frente por una diadema dorada con incrustaciones de brillantes, un vestido de seda blanco con ribetes fucsia y violeta, y unos volantes bordados en el pecho, hombreras y la orla de la falda, que descubría unos centímetros por encima de la rodilla en su posición de sentada, los pómulos ahora sonrojados por la situación, mostraban un toque bronceado que hacía resplandecer la piel tensa y suave, sus ojos grandes y almendrados hacía resaltar el iris ocre oscuro entre sus corneas níveas. Fue un flechazo que habría de ocupar un espacio importante en la vida amorosa de Juan Marrasé, mientras la juerga continuaba su apogeo, el conjunto musical amenizaba con su repertorio, y los invitados exhaustos marcaban sus compases.

Todo aquel ajetreo y ebullición en la casa se había iniciado quince días antes, cuando el pretendiente de una de las hijas de la familia que contaba con diecisiete años, había formalizado la unión, y los padres de éste habían satisfecho a los progenitores de aquella los cien mil bhats que pedían, que siendo comerciantes y no teniendo pastos ni pesebre para ganado, era el equivalente a los diez bovinos pactados, a la vez los padres de ella se comprometían en sufragar y organizar la fiesta con la pompa y resonancia pertinentes, pues no fue menos ni hubo reparo en gastos, catorce monjes acudieron de tres templos diferentes los dos días con sus noches que duró la fiesta ceremonia, para bendecir la fusión de la pareja, con la aprobación de los hombres más ancianos y juiciosos del lugar, así los más íntimos de la casa en la más arraigada tradición, poniendo de relieve ambas partes los aspectos positivos del otro, ligando religión, superstición y costumbres, como el voluminoso centro de flores de la cúpula cónica anteriormente referido, que debía guardarse intacto en la habitación de los esposados durante los tres días siguientes a los esposorios, procurando que no se derrumbase ninguno de los pisos de pétalos coloreados, - pues ello hubiese traído desgracias a la pareja - mientras las flores se fueron disecando por el estupor reinante, y el aroma intenso de jazmín fue diluyendo, como la infinidad de trozos de cordón bendecido por los religiosos, que los mayores y más considerados que participaron en la ceremonia, ataban en la muñeca de ambos recién casados; como los manjares depositados en la alcoba conyugal, que una bisabuela de cara redonda aunque arrugada, de pómulos salidos y vista apagada, de dientes blancos y separados que contrastaban todavía más con el rojo ennegrecido de sus encías de tanto betel masticado, iba empapujando la pareja sin darles tiempo a engullir ni masticar; como el bautizo de licor con una escobilla de palma, que el padre de la novia pulverizaba sobre los asistentes, y que los más cercanos a los desposados quedaron impregnados de alcohol, invocando al mismo tiempo la abundancia, la riqueza, la fertilidad y la felicidad de la pareja, que ningún contratiempo alterara la nueva vida iniciada; todo el ambiente daba un aire mítico, que hacía presentir que los espíritus concentrados en el recinto, compartían con la mirada seria y protectora la buena armonía y desarrollo de la ceremonia. La novia llevaba un vestido largo de cola color blanco, pero como si una gota de rosa hubiese caído en el tinte, una corona de diamantes y rubíes realzaban la belleza de su faz, unos pendientes que balanceaban hasta rozar los hombros de oro y esmeraldas, y una cinta rosada cubría su cintura; él iba ataviado con el traje de rigor, hecho de lino y algodón con filigranas de oro, y con el sari a cuadros azules, verdes y encarnados.

Fueron aquellos unos días memorables que Juan aprovechó, al margen del insomnio y el cansancio, de la ebriedad involuntariamente obligada y los ardores por el exceso de comida, para fraguar buenas relaciones y darse a conocer ante los foráneos, conoció un monje del templo de Bantad que era norteamericano, que como tantos al terminar la guerra de Vietnam, carcomido por las atrocidades que había compartido, y sabiéndose menospreciado por sus compañeros por algún achaque que otro de cobardía, decidió ingresar en una congregación budista, encontrando así la paz de su espíritu, el monje se llamaba Jon Batek, aunque ahora le llamaban Jouayay, o sea "cabeza grande", era de Phoenix y había estudiado derecho en la universidad, sus padres había fallecido en accidente de automóvil mientras él se abatía por los arrozales de Tonkin cerca de Hanoi, y fue mayúscula su suerte cuando por una herida en la pierna -motivo de su visible cojera- pudo llegar hasta la base de apoyo logístico que tenían en Udon Thani, y ahora en un perfecto tailandés con algún toque fonético de Oklahoma pues descendía de una reserva de Navajos, compartía el sermón de Benarés.

Fue en aquellos festejos cuando conoció un hombre un tanto misterioso, Philipe Doupond, un filántropo que había hecho fortuna durante el protectorado francés de Laos, vestía camisa y pantalón negro, un pañuelo amarillo de seda cruda le bordeaba el cuello, que parecía desencajar con el calor sofocante, tenía la voz ronca y una pequeña cicatriz en el labio inferior, no había perdido la costumbre de fumar Gittanes que se hacía enviar periódicamente desde Marsella, había nacido en Arles, y habiendo terminado los estudios de biología, el gobierno de París lo agregó al protectorado para estudiar las enfermedades del arroz y otras gramíneas, pero él aprovechó su situación privilegiada y la privilegiada también situación económica de su familia, para comerciar con obras de arte y piedras preciosas, como continuaba haciendo, aunque ahora no desde Ventiane como antaño, sino desde un céntrico palacete de esta ciudad de Udon Thani, rodeado de una espléndida colección de cuadros, que colaboraba en los festejos de la ciudad, y untaba a políticos y militares para pasar inadvertidos sus negocios poco claros, con ello gozaba la simpatía de los pobres y el respeto de los poderosos. Conoció también en la fiesta a la familia Kangtek, unos comerciantes que elaboraban propiamente los productos que vendían en las ferias, compraban los frascos de plástico vacíos de jabón líquido, polvos de talco, champú, colonias, etc. a unos traperos de Khon Kaen, que les seleccionaban en sacos las marcas más prestigiosas, que luego rellenaban de las garrafas comunes que habían elaborado y lo vendían a precios irrisorios, con este proceso habían inundado el mercado de primeras marcas cuyo contenido nada tenía que ver con los originales; esta familia siguiendo la tradicional idiosincrasia, pues es costumbre buscar la evidente forma de facilitar las cosas, que hasta los hijos a muy temprana edad adquieren un sobrenombre de acuerdo a su constitución anatómica o tendencia precoz, relacionándolos con algún animal u objeto conocido, y que les puedan identificar con un breve monosílabo, dicha familia era un ejemplo más de la arraigada peculiaridad, los padres se llamaban Chong "cuchara" Deng "Roja" y sus cinco hijas se identificaban con los nombres de Fan "Diente", Ped "pato", Pla "Pez", Mak "Betel" y Som "Naranja", y en la mayoría de ocasiones ni la propia parentela sabía el nombre que oficialmente fueron inscritas las criaturas en los registros de nacimiento. La segunda hija de la familia era la muchacha que había tenido enfrente Juan Marrasé durante el banquete, y la que había fraguado un sentimiento de rubor y desasosiego en éste.

CAPITULO 3
EL APRENDIZAJE

Con ánimos de recuperarse de sus achaques de gota, pues con las comidas picantes le subía enormemente el ácido úrico, se desplazó Juan Marrasé hasta That Phanom, pues siendo allí las ferias le habían anunciado que se desplazaban desde Laos muchos comerciantes de artesanía y herbolarios, y que seguramente atinarían en sanar sus dolencias, cruzaban en canoas bajas el Mekong durante la noche, y si no eran sorprendidos por guardias fronterizos en alguna de las dos orillas podían hacer su agosto entre la muchedumbre. Mientras los arrozales descansaban y sobre el rastrojo pastaban los búfalos en manadas diminutas y diseminadas, en un bosquecillo de tamarindos y cocoteros majestuosos, reposaban al amparo de los voraces mosquitos y el impertinente moscámen, aquellos hombres arraigados a costumbres ancestrales que por tradición conocían los secretos de las plantas, eran vejestorios ayudados por algún muchacho, un lazarillo o algún discípulo para acarrear con la mercancía, porque ahora toda su fuerza radicaba en su sabiduría, andaban con los pies descalzos, alargados y endurecidos por las ciénagas, las alimañas y la tierra ardiente, hablaban con los espíritus y recibían visitas de los muertos, se lesionaban sin dolor y dominaban su espíritu utilizándolo para los menesteres más diversos, comían vidrio sin dañar sus intestinos y se nutrían exclusivamente de arroz plantas y agua, no tenían vicios ni envidiaban a nadie, la mayoría habían alcanzado el Nirvana, tenían la piel negro azulado de andar por los márgenes que bordeaban los arrozales y las charcas de agua verdinosa y pestilente cubierta de nenúfares blancos y encarnados, en su imagen casi esquelética se podía apreciar los arañazos y heridas que habían dejado en ellos las cañas, las sanguijuelas, y el paludismo, a cuyos tentáculos habían interpuesto su existencia, algunos conocían el sánscrito y leían en él, y en él evocaban los espíritus, sus cuerpos eran incandescentes y predecían el futuro, leían en la mente de uno y conocían sus intenciones, su estado de ánimo, sus ambiciones, su pasado, etc., eran venerados y respetados, muchas veces por el temor que implicaba enemistarse con ellos aunque sólo fuera de pensamiento. No se podía dudar de sus consejos ni ofrecerles comida,   cualquier sugerencia   culinaria   la   rechazaban descriminadamente,   sólo sus discípulos podían administrarles alimentos siempre que no hubiesen sido probados ni tocados antes. Juan tuvo que esperar durante más de dos horas con los discípulos para que el maestro lo atendiera, si quería explicarle personalmente sus dolencias, y si quería recibir una particular recomendación, porque el maestro en aquellas horas de intenso calor estaba descansando, y hubiese sido una incorrección despertarle, aunque los discípulos eran los encargados de comercializar los productos aun estando él presente, porqué en su concepto de persona santa no podía hablar de dinero como compensación para sanar un mal.

Rodeados de caminos polvorientos de tierra roja de aluvión, donde las criaturas se revolcaban para lavarlas después, y volvían a revolcarse para terminar lavándolas, en un círculo vicioso inacabable y rutinario, por la calle que vertía en el Mekong, aquella magnífica avenida que transcurría del río hasta la majestuosa torre piramidal que dominaba toda la vega de That Phanom, y la venerada imagen que sobrevivió a la catástrofe hacía veinte años cuando se desplomó el monolito, se engalanó para sus fiestas anuales, una infinidad de paradas de chucherías, artesanía, comidas para todos los gustos, utensilios para el campo y el bricolaje, maquinaria, confección, calzado, instrumentos musicales, vasijas y cubiertos, tiovivos, autos de choque, etc., que la muchedumbre apretujada, transitaba chapuzando entre la tierra rojiza a horas en que el sol medía sus fuerzas con más aplomo, y de los mostradores grasientos y malolientes se desprendía un líquido negruzco, y acudían las moscas de todas las medidas y colores formando una nube, que ahuyentaban con un abanico de palma pero sin poner en ello excesivo empeño, pues se sabían convencidas, que aquella persistente nube oscura ni tan solo levantaría el vuelo, mientras la intensa canícula iba derritiendo el cebo de la carne y el pescado como una precocción casi deliberada. En las minúsculas paradas de bisutería y baratijas, que vendían medallas y escapularios con la imagen de Buda, anillos imitando oro, champú para todas las condiciones del cabello, y jabones líquidos para todas las cualidades de la piel, aunque rellenas del mismo brebaje, tubos de eucalipto para despejar las fosas nasales, que contenían un trozo de algodón untado con esencias mentoladas, brazaletes de madera de banano teñidos de oscuro imitando ébano, estaba el señor Chong, el que Juan conoció en la boda, y no pudo menos que saludarlo cortésmente, había con él un hombre de avanzada edad, lánguido, casi momificado, tenía la apariencia de pensador o sabio, vestía exclusivamente el sari y unas sandalias simples de goma y al andar se ayudaba con un bastón forrado con piel de serpiente, tenía su piel tostada pegada a los huesos, la cabeza ovoidal y los ojos hundidos en unas cavidades cadavéricas, y la calvicie con cuatros hebras blanquecinas que contrastaban con su color, una mata minúscula de pelo bajo la barbilla, que desde una peca se desprendía más de un palmo; Juan intervino en la conversación que ambos hombres discutían sin alterarse, decían que la feria presentaba síntoma de escasez, que no era como otros años, que la agricultura cada vez era menos rentable, que los jornales subían y el precio del arroz se mantenía; Juan recabó el interés de ambos al hablarles de los adelantos en materia agrícola que imperaban en su país, - Juan había visto las enormes cosechadoras levantando polvo en las maravillosas puestas de sol de la meseta castellana, en los campos de Soria, en los prados aragoneses, en las llanuras cordobesas, en el Delta del Ebro y la Albufera Valenciana-. El gobierno tiene que frenar la industria para el campo; dijo el anciano con voz pausada. La gente del campo está acostumbrada a la austeridad, trabajan sus minifundios y se alquilan de braceros cuando y para lo que haga falta, pescan en el río o en las balsas y acequias, y en esto se limitan sus ambiciones, que consisten en subsistir sin abandonar su pequeña parcela de terreno; la introducción de maquinaria para el campo como existe en occidente, al margen de que no se adaptaría con el sistema que tenemos distribuida la tierra, supondría aumentar el hambre en las zonas rurales que ya subsisten en situaciones precarias, emigrarían las gentes a las grandes ciudades, para engordar el volumen de miserables, provocarían manifestaciones y disturbios, tendría que intervenir el ejército creando su desprestigio, caerían los jefes militares y el gobierno, y mientras durase, todos los gobiernos que le sucediesen, y terminaría por una guerra civil y la abdicación de su Majestad el Rey. Concluyó diciendo. El señor Nú que los había dejado solos iba incitando a los transeúntes, ofreciéndoles aquellas imitaciones a cinco y diez bhats, como si se tratara de reliquias que vendía a precio de ganga.

Juan que venía de aquel país mediterráneo donde el juego estaba tan extendido, loterías, quinielas, bingos, casinos, máquinas tragaperras, etc., que el juego a partir del restablecimiento de la democracia se había convertido en una forma de vida para unos, y la ruina para los que más, que ya no se jugaba solo como antaño al julepe, al jilei y al tute, ahora los propios gobiernos nacionales y autonómicos, lo fomentaban y ampliaban periódicamente, con tal de aplicar tasas para mantener el equilibrio económico del país. Juan quedó reducido a un simple observador aficionado, a un neófito e ignorante aprendiz de juegos de azar, frente aquellas mujeres y hombres, jóvenes y ancianos, que corrían de bungalow en bungalow rememorando los números en que había apostado unos y rechazado los otros, espiando y memorizando cuales eran los números que jugaba el vecino, indagando a cuales apostaba el otro, buscando números de matrícula de coches accidentados, números de teléfono, números de calles, la edad de uno, la de otro, la de ambos, la de toda la familia, la suma de todos, las fechas en que murió tal o cual pariente, las fechas de nacimiento, hasta convertir el juego en un problema algebraico que podía durar días enteros; y el día del sorteo dominados por aquella fiebre contagiosa, algunos acudían a los majestuosos tekas con un cortante de cocina, y hacían una raspadura en el tronco del árbol pronunciando las frases mágicas para entrar en contacto con el espíritu del árbol, que ya estaba lleno de raspaduras de tantas premoniciones hechas en sorteos anteriores, y por la salvia rojiza que emanaba por la herida, podían leer el número que presumiblemente tenía que salir premiado en el sorteo, pero en cada raspadura la salvia adquiría formas diferentes y con similitud a otros números, por lo que debían indagar, copiar y volver a iniciar la operación matemática y de espionaje. Una vez anunciado el número agraciado, enmudecían y se lamentaban en la intimidad la mayoría, y los afortunados con los mil bhats que daban los organizadores de aquellas miniloterías, lo celebraban con vecinos y amigos con licor de arroz y cerveza, hasta superar en muchas ocasiones el premio del sorteo. Juan que se alojó aquellos días en el almacén de una carpintería, pues los hoteles y casas de huéspedes estaban abarrotadas en contra de las predicciones del viejo pensador, sintió nostalgia del ambiente barcelonés, las ramblas, el Paralelo, el puerto... recordaba su entrañable amigo Bautista, que había fallecido unos años antes a causa de un incomprensible infarto, pues a pesar de sus casi cincuenta años, conservaba una agilidad juvenil, quizás por la dieta que mantenía estrictamente vegetariana, sólo probaba el vino en fiestas y banquetes a los que rehusaba asistir en muchas ocasiones, y nunca fumaba como vicio rutinario, sólo encendía un puro cuando iba al campo del Español, pues fue un forofo periquito, también un infatigable lector y un librepensador, crítico siempre con los acontecimientos políticos, la lectura y su trabajo en los archivos del Instituto Nacional de Previsión le habían acelerado una miopía cada vez más pronunciada, a lo que se resistía cada vez que el oculista le aconsejaba cambiar las lentes y aumentar las dioptrías, esto fue el motivo según refería a los más allegados, que rechazase todas las insinuaciones y ofertas de casamiento, y agregaba, que si definitivamente se quedaba ciego no quería ser una carga para nadie. Bautista se vanagloriaba de costearse cada año las vacaciones con las quinielas, él conocía el estado de todos los equipos de primera y segunda división, sabía la situación de todos los estadios, las bajas que presentarían en la alineación, cuales eran los árbitros y sus antecedentes, a quien beneficiaría en la tabla un determinado resultado, que equipo podía ascender y cual descender, cuando entrenaban, que día hacían el desplazamiento y en que hotel se hospedaban, era el hombre más documentado en materia futbolística que Juan había conocido, algunas veces habían hecho alguna quiniela juntos, siempre sin suerte, porqué con peñas y sociedades arriesgaba pronósticos que pudieran resultar más difíciles, sólo para él mismo hacía los planteamientos de la lógica extraída de los periódicos deportivos.

Juan regresó aturdido de aquella ciudad llena de embrujo, había escuchado allí las leyendas o historias más terroríficas y escalofriantes que jamás había oído, se palpaba en todos los ambientes nocturnos el miedo que imponían algunos hechos que él se resistía a aceptar desde una misma óptica; una mujer refería, que en cierta ocasión regresando en plena noche del mercado, había hecho el alto a un triciclo "samrot", que es un medio económico de transporte, dicho vehículo se detuvo unos pasos más adelante, cuando la mujer lo alcanzó con paso decidido, éste volvió a avanzar unos pasos más, y así sucesivamente hasta un total de cinco veces, cuando se detuvo definitivamente la mujer pudo observar llena de estupor y espanto que en el triciclo no había ninguna persona, lo que lo achacó a un fantasma que quería jugar con ella, tal vez un difunto taxista de triciclo que en alguna ocasión había desestimado sus servicios después del previo regateo, quizás un arrogante, galante y buscón vecino desaparecido también, al que le había dicho en repetidas ocasiones que nunca subiría a su vehículo. Un hombre decía que estando sentado en el porche de su casa después de cenar, contemplando el jardín mientras consumía un cigarrillo vio pasar repetidas veces a un joven vecino por delante de la cerca, y le inundó el espanto al ver que éste andaba con la cabeza separada unos veinte centímetros del cuerpo; al día siguiente el joven vecino fallecía trágicamente en accidente de motocicleta cortándose de cuajo la cabeza. Otro hombre apuntaba que en dos años había tenido que cambiar tres veces de casa, la primera por que se le morían las plantas, los hijos le enfermaban los muebles se movían por las noches, y cambiaban de sitio los objetos; en la segunda se moría la gente del vecindario, sobretodo hombres jóvenes, algunos padres de familia, que les sorprendían durante la noche dos fantasmas femeninos y les retorcían el pescuezo como a un pollo, en tres semanas hubo siete muertos, y el vecindario andaba aterrorizado y se trasladaban al hogar de los parientes más alejados, ante la duda y el temor de quien podía ser el próximo, y en el tercero, con tan sólo dos meses que llevaban alojados, ya habían recibido la visita de los espíritus errantes en dieciocho noches, en una de las cuales se les llevaron el televisor y una radio-cassette, que ante los ruidos decidieron no salir de la habitación, donde dormían cerrada y sin ventilación, los abuelos, los padres y los once hijos de estos, creyendo que eran los fantasmas que habían adquirido la costumbre de deambular por la casa, pero que de hecho no les habían intimidado ni roto nada hasta la fecha. Un taxista dijo, que en cierta ocasión una mujer joven lo paró, y alquiló sus servicios para que la trajera a una casa de las afueras, el taxista cumplió con su trabajo de forma acostumbrada, y al llegar al portal de la casa indicada, se dio cuenta que en el coche no había nadie más que él.

Ahora Juan recordaba estos relatos escalofriantes mientras cenaba al resguardo de la porchera, la noche era cálida y estrellada aunque la luna estaba en su fase decreciente, las salamanquesas señoreaban en el resplandor de la lámpara fluorescente, el aroma del arroz recién cocido se suspendía en el aire impregnando el recinto, tenía en la mesa un caldo de col con albondiguillas de carne de cerdo, jurel adobado con sal frito, y tortilla con larvas de hormiga roja que había comprobado que era un plato suculento; lo acompañaba una música triste de xilófono, que persistió toda la noche aun agravada por una megafonía decadente, salía de una casa vecina adosada a la parcela de éste, anunciaba el tercer día del fallecimiento de la anciana madre de los moradores de aquel palafito, una mujercita jorobada y diminuta por la carne contraída, que contaba con ciento quince años de edad, y que no había anunciado su muerte en los dos días anteriores, por que creían los familiares que estaba durmiendo como en otras ocasiones, decían de ella, que en una ocasión cuando contaba cien años en su haber sucedió algo insólito, pues después de llevar cinco días amortajada, que los médicos lo habían diagnosticado y que ya estaba previsto el funeral, con todo el gasto que ello imponía, despertó repentinamente con un hambre atroz de haber estado durmiendo durante cinco días sin comer, ahora sus hijas todas ancianas no querían que sucediese lo mismo, y se habían retrasado en anunciar el evento, pero ahora ya se habían convencido de su desenlace irreversible, y se escuchaban por los altavoces el remoto rumor de aquellos melancólicos instrumentos de percusión, aunque muchos de sus múltiples descendientes esparcidos por todo el reino, no podrían ni oír ni acudir a despedirse, algunos a partir de la tercera rama genealógica ni siquiera la conocían. En la oscuridad de la noche que sólo alteraba su silencio el canto de los grillos y el croar de las ranas en las charcas y acequias, se escuchaba ahora la jerga del velatorio, que iban comiendo y bebiendo hasta embriagarse, contando chistes, relatos de faldas y anécdotas picantes para perder el sueño, mientras en la sala mortuoria, donde reposaba en una poltrona el féretro rojo con filigranas y figuras doradas, rodeado de ramos de orquídeas azules, el humo de incienso que cubría el techo como una tenue neblina, un minúsculo altar con un retrato remoto de la difunta, ofrendas de comida, bebidas, y el particular cestito con los atavíos del betel; y las hijas, todas bisabuelas, vestidas de negro riguroso, iban recibiendo los invitados y complimentándolos con pormenores sobre la difunta y los funerales, y estos a la vez, les devolvían el sobre de la invitación con algunos bhats en su interior, que servirían para sufragar los gastos de tantos días de embriaguez y glotonería. Dos días más tarde se celebraron los funerales, cuando la difunta ya presentaba síntomas de descomposición, aunque con la intervención médica había sido reducido el hedor, y con la funda plástica del ataúd había sido controlado el líquido que derretía. A la una del mediodía cuando el sol se ensañaba con más ganas, cuando el moscámen buscaba refugio en cualquier sombrajo, cuando sólo revoloteaban algunas mariposas por los arbustos florecidos, cuando chirriaban las cigarras desde la copa de los árboles, cuando la tierra desprendía un espejismo que dualizaba los objetos, salió la comitiva, una caravana de vehículos abarrotados de familiares, amigos y conocidos, precedidos por el coche fúnebre hasta el templo de las defunciones, donde en una solemne ceremonia oficiada por una congregación de cuarenta y tres monjes, los cuales todos recibieron una túnica como presente por parte de los familiares, compartida por autoridades civiles que rindieron homenaje a la centenaria mujer desaparecida, y más de cuatrocientos invitados que compartieron los refrescos y los rituales durante tres horas precedentes a la incineración.

Una mañana a finales de febrero, tubo Juan una visita inesperada, era un día claro sin que asomase ninguna nube por el horizonte, los pájaros revoloteaban y piaban en los árboles, todo hacia prever que sería un día normal, de mucho calor, los monjes ya habían pasado en su ronda matinal por la calle, y ahora en el templo repetían sus oraciones o se disponían a compartir la comida que les habían ofrecido, plantada ante la verja, estaba aquella muchacha que Juan había conocido en la boda, la hija del señor Chong, que ya había llamado dos veces pero Juan no se había enterado, llevaba un cesto en la mano por que venía del templo según dijo luego, su mirada resplandecía tanto como el día, Juan se quedó sorprendido por la repentina y tan deseada aparición, pues había soñado con ella muchas noches y pensado muchos días desde que la vio en la fiesta, Juan hizo en un instante cantidad de maquinaciones que no correspondían con la honradez de la muchacha, pensaba en invitarla a almorzar y luego llevársela a la cama, pensaba en llevársela a la cama y luego invitarla a almorzar, pensaba en almorzar con ella en la cama, toda su mente se centraba en como podía llevársela al huerto, en como hacer el amor con ella, en como satisfaces los deseos acumulados durante tantos días, pero lejos de esto se mostraba la virtud de la muchacha que le hablaba desde el otro lado de la verja negándose a cruzar el portal, y dándole constancia manifiesta que su visita era exclusivamente para transmitirle un encargo de su padre, con pudorosa timidez y ante la mirada implícita de alguna vecina le entregó el sobre con la invitación, comunicando que celebraban el aniversario de dos hijos gemelos de su hermana mayor, y por este motivo el padre o sea el abuelo de las criaturas, había decidido

57

invitar a familiares y amigos, y que esperaban tener el honor de contar con su presencia. El honor sería suyo, pensaba Juan, si la podía estrechar entre sus brazos, si podía acariciar sus cabellos, si podía besar aquellos labios carnosos ligeramente abultados, si podía admirar la desnudez de su cuerpo, como serían los senos que ocultaba aquella blusa floreada cuyo busto enaltecía, que ocultaría aquella falda estampada azul marino que le cubría hasta las rodillas, como sería de velludo su secreto más preciado, a la vez que pensaba que sentimientos podía albergar en ella un hombre ya maduro como Juan, un hombre que rayaba los cuarenta, un carroza, sin oficio ni beneficio aparente, que disponía del dinero justo para subsistir momentáneamente. Claro que iré. Dijo Juan con voz trémula; pero en la mesa quiero estar a tu lado, añadió. Lo que la muchacha sonrió de manera complícita, y se fue sin mediar respuesta.

El día del cumpleaños de los niños se presentó Juan en la casa, estaba dos calles apartada de la suya, llevaba tres paquetes en las manos, dos enormes, que contenían dos osos de peluche para los niños, uno rosa y otro azul como corresponde a cada sexo, y un tercer paquete pequeñito que contenía unos pendientes de oro con aguamarinas para la muchacha que le seducía, que al obsequiárselos dijo Juan con premeditada ironía, que coincidía con el color de sus ojos, observación que a la muchacha no le sentó del todo bien, pues no sabía si era una broma o se estaba burlando del color oscuro de sus ojos. Unas treinta personas componían todo el festejo, que semejaba más una comida íntima que un festín de los que uno puede pasar desapercibido, los niños ya habían arrancado los ojos y el lazo que llevaban en el cuello los ositos de peluche, y ahora por un descosido se entretenían en sacarle la paja del interior, a Juan en contra de sus pretensiones aunque no puso resistencia, lo sentaron con los hombres, a su lado estaba el francés monsieur Doupond, el millonario que había conocido en aquella famosa boda, él seguía fumando Gittanes y seguía llevando pantalón y camisa negros. Tengo un asunto que le puede interesar. Dijo monsieur Doupond en un francés casi olvidadizo; pues sabía que Juan hablaba el idioma galo y con él podía practicar. Pude observar su interés por las antigüedades cuando contemplaba mi modesta colección, y no dudando de su discreción considero que es la persona idónea para este trabajo, además puede obtener una pequeña fortuna si coinciden mis deducciones.

Explíqueme de que se trata. Dijo Juan Marrasé con prudente cautela y sumo interés; pues había oído que traficaba en asuntos delicados y poco legales y le hacía temer lo peor.

El francés prosiguió su relato: hace unos seis meses adquirí una tablilla de piedra de dos metros por metro veinte, escrita en una lengua Tibeto - birmana hablada antiguamente en los montes Naga, por ello he tenido que acudir a un monasterio al norte Birmania, donde vive el mejor conocedor de esta escritura bisilábica, el monje y filósofo de estas lenguas muertas, me ha dicho que la tabla corresponde a la lápida funeraria de un pequeño rey o jefe de una tribu que nunca había oído hablar anteriormente, que fue herido de muerte en batalla hace dos mil treinta y cinco años, y fue enterrado junto con los miembros de su familia, que se inmolaron a la pérdida de este sus poderíos, también dijo el anciano historiador que estos pueblos tenían la costumbre de enterrarse junto sus riquezas. Bien; prosiguió el oriundo de Arles: un campesino que la había encontrado me la trajo, al punto que le dije que me interesaba, y no solo compré la piedra a un precio irrisorio, si no que a sabiendas de lo que el sabio monje había deducido, compré sus tierras a un elevado precio, con la condición que fuera a vivir a otra ciudad a ser posible al sur y que guardara silencio a lo acaecido; pues como usted sabrá monsieu Marrasé, está al margen de la ley comerciar con antigüedades que se consideren de interés nacional. Toda la cena estuvo Juan intrigado con el asunto, hasta que se atrevió en preguntar los pormenores que quedaban suspendidos: Monsieur Doupond yo no dispongo de solidez económica para organizar un equipo arqueológico, ni se si allí hay nada, ni sé lo que me correspondería en caso de encontrar su tesoro.

Tranquilo amigo, prosiguió el francés millonario; todo a su debido tiempo, y prosiguió: si usted acepta, le voy a destinar una cantidad para que organice este equipo más bien de búsqueda que arqueológico, y le asignaré un sueldo mientras duren los trabajos, y de encontrar lo que presiento que existe, le participaré con el diez por ciento de valor en metálico de los beneficios.

CAPITULO 4
EL DESCUBRIMIENTO

Llevaban dos semanas vallando el campo, a seis kilómetros de Loei, los cinco hombres que Juan había contratado en el pueblo, tenían terminantemente prohibido abandonar el campamento mientras durasen los trabajos, cada dos días les llegaba una furgoneta con los víveres necesarios y herramientas que sobre la marcha iban incorporando en el equipo, Juan se comunicaba por radio con monsieur Doupond, para informarle puntualmente de los adelantos, y a los curiosos, al igual que si acudía la policía, había que decirles que estaban haciendo prospecciones por un posible yacimiento de gas natural o buscando una beta de cobre según conviniese, por que el gas asustaba a los pueblerinos y el cobre merecía el respeto de las autoridades. Construyeron dos casas y un almacén, eran construcciones bajas de vigas y tablones de madera, con el tejado recubierto con láminas de zinc, con robustas cañas de bambú clavos y alambres, no se utilizó el cemento para no dejar rastro en la tierra de elementos difíciles de destruir en caso de levantar el campamento, pues ignoraban la resonancia y repercusión que su presencia podía acarrear, de los árboles talados al pie del montículo se hicieron carboneras para autoabastecerse, y en la ladera que bordeaba el penacho donde la cosecha anterior se había cultivado arroz, pastaban una veintena de rumiantes astatos sobre el rastrojo y hierbajos para justificar el vallado de la finca, sobre el amarillo pajizo y las hebras clorofiladas mascaban incesantemente la veintena de búfalos para disuadir la atención de transeúntes y vecinos curiosos, mientras unos claveteaban, otros serraban troncos, o hacían canales y desagües previniendo la época de lluvias, o cubrían de junco en cobertizo de los animales; y el encargado de la comida, un joven de veintitrés años que había trabajado anteriormente como ayudante en la cocina de un hotel en Khon Kaen, de carácter aventurero y poco estable, tenía la misión de proveerse el fuego y condimentar los ápates a las horas previstas, así como abastecerse de agua fresca del pozo y administrar la cerveza y bebidas alcohólicas limitadas a la comida nocturna; Juan supervisaba las faenas y estudiaba el enclave donde tenían que iniciarse las excavaciones con unas estacas iba señalando entre los arbustos del montículo, bajo las sombras de las inmensas palmeras y tamarindos con el fruto madurado, tomó medidas exactas de aquella ondulación del terreno en que había sido encontrada la tabla escriturada, la colina tenía forma de trapecio, en la cara de sol naciente donde estaba instalado el campamento, desde donde se divisaba el valle y la sabana que empezaba a verdear, medía ochenta y dos metros de largo, sólo el terreno yermo pero frondoso de vegetación como si la mano del hombre se hubiese resistido hasta entonces a trabajar en él, la cara de atrás, el solano, donde se divisaba otra planúria de fértiles arrozales ahora en estado de germinación en los semilleros, y el humo alejado de las distantes aldeas, tenía ciento cuarenta y seis metros longitudinales, y de una cara a la otra, aquella pequeña selva de lianas y zarzas, de cañas y arbustos pinchosos, de serpientes y pájaros nocturnos, de alacranes y lagartijas, de mariposas y mantis religiosas inéditas, medía cincuenta y ocho metros y medio, que en total eran los seis mil seis cientos sesenta y nueve metros cuadrados aproximadamente que tenían que explorar.

Uno de los hombres, Yung, "mosquito", que hacía verdadero honor a su nombre por su estatura y su complejidad, aunque no así su fuerza y sus extremidades musculosas, atrapó un día un pangolín de los que comen hormigas, enrollado en un tronco hueco de acacia, he hizo con él un guiso exquisito, Juan se resistía al principio a probar porqué le daba asco pensar en su piel escamosa y que se nutría de insectos, pero animado por los compañeros de aquella empresa no sólo probó la carne del animal, si no que mojó el arroz macerado al vapor como si fueran migas de pan en salsa de tomate, setas, guisantes y coliflor. Yung que tenía cincuenta y cinco años sólo aparentaba cuarenta, había estado en el ejército y llegó a sargento a base de reenganches, su única familia conocida era su madre que visitaba de vez en cuando para traerle algo de dinero, pues sólo recibía una pensión de trescientos bhats al mes, y en su casa había aprendido a cocinar toda clase de parásitos, la serpiente, la rata, el lagarto o el perro eran para él manjares delicados, su padre, que nunca lo conoció, y sólo su madre se refería a él para maldecirle, tenía cuatro mujeres y ella fue la primera, pero al quedar embarazada y no satisfacer las exigencias sexuales de aquel, cogió sus cosas y se mudó al hogar de la otra concubina, más tarde ya anciano le habían dicho que merodeaba con la túnica de monje por las casas de sus mujeres y sus múltiples descendientes, intentándoles arrancar algo de comida y dinero o aunque sólo fuera para pasar la noche bajo cubierto, cuando conseguía dinero corría a gastarlo con las jóvenes iniciadas en el oficio del placer y se emborrachaba hasta liquidar su solvencia, y luego medraba nuevamente por los mercados mendigando. Del ejército contaba Yung, que se había ido por que en cierta ocasión que como tantas veces había matado un perro y hizo un guiso con él para suboficiales y veteranos de la compañía, al banquete invitaron por cortesía a un teniente recién salido de la academia, era de buena familia y costumbres refinadas, por lo que no le dijeron que tipo de carne era la condimentada, al final de la juerga un gracioso inducido por la embriaguez le dijo al teniente que había estado comiendo perro, y que además coincidió que este perro era el suyo cuando comprobó su ausencia en el cuartel y su pellejo en el basurero, el teniente tuvo dos días de indigestión y vómitos, que hasta los familiares temieron por su vida, al final ya a salvo de pasar a mejor vida, a base de lavados de estómago y alimentado con suero intravenoso juró dos cosas, la primera no probar más carne en su vida, y la segunda cortarle la cabeza al criminal que había asesinado su mastín. La primera no se si la cumpliría decía Yung, pero yo me apresuré en solicitar mi excedencia por si cumplía la segunda de sus promesas.

Juan marcaba franjas de diez metros que los hombres iban rayendo, dejando sólo los árboles veteranos, la broza se apilaba y cubría la tierra para incinerarla por la noche cuando el sol había desaparecido para no llamar la atención con el humo; alguien apuntó que sería más práctico calarle fuego al bosque y que ardiera todo de una vez, idea que Juan rechazó enérgicamente, pues tenía órdenes estrictas de intentar que pasaran desapercibidos los trabajos, y constató que si alguien lo intentaba aunque simulara un accidente no percibiría nada por los días trabajados y sería despedido; además provocar un incendio les perjudicaría a ustedes recalcó, en un día liquidarían lo que puede suponer dos o tres meses de trabajo, por lo tanto volverían a vagar por sus casas esperando que les dieran alguna peonada que cobrarían la cuarta parte de lo que les pagaré aquí, y no podréis disfrutar del relax y desahogo con las mujeres por falta de dinero, y estaréis destinados otra vez al abstencionismo voluntario por que no podréis costearos el whisky y la cerveza que yo os pago. En realidad quien costeaba aquel derroche era Philippe Doupond, el multimillonario ahora propietario de aquellas tierras de aquellas casas y de lo que hubiese oculto en el subsuelo, era el propietario hasta de la vida y la subsistencia de aquellos hombres, por que sin la visita los días alternos de la furgoneta con los víveres, y si no cumplía la promesa de pagar lo pactado al final de los trabajos, podía significar el fin, principalmente para Juan que era quien los había contratado, podían hasta despellejarlo vivo y sepultarlo en una zanja de las excavaciones; esto Juan lo sabía pero tenía fe en su protector por eso exigía y se imponía ante cualquier sugerencia desestimable.

Ya había pasado el Songkran, o sea el año nuevo thai, y en aquellos días los trabajos se habían suspendido, los hombres habían percibido un anticipo cuantioso con que contentar sus familiares y satisfacer sus fantasías; fueron días de júbilo, el agua salía a raudales por todas partes, cubos, mangueras, palanganas, botes, ... era necesario empolvarse para que no se irritara la piel con tanta humedad, desde el tumulto que reinaba en las calles arrojaban agua a todos los vehículos, a todos los transeúntes, los niños participaban con la ilusión de verse en remojo todo el día en medio del calor sofocante, y los hombres con cierta malicia arrojaban el agua hacia las muchachas por ver si trasparentaba el vestido la silueta de sus formas, las mujeres, con el griterío y desparpajo que las caracteriza cuando el grupo supera el par, lanzaban el agua a los hombres jóvenes al tiempo que les abordaban y estos enrojecían unos y otros con espíritu más atrevido respondían con otro cubo, las calles eran un charco que la tierra sedienta tragaba en un instante, y las cubría de barro rojizo que los niños compartían más a gusto, dándoles más trabajo a sus madres que lo acogían resignadas, las carreteras asfaltadas se ponían resbaladizas, por lo que los conductores debían aminorar la marcha, entonces propiciaban que la multitud les mojara a sus anchas, había que cambiarse de ropa varias veces durante el día, y empolvarse bien durante la noche, las muchachas se mostraban más jocosas y los jóvenes más atrevidos, eran los días idóneos para iniciar un noviazgo.

Juan aprovechó la semana de agua, carrozas y fuegos de artificio, para visitar al señor Chong, o mejor dicho a la hija del señor Chong; por costumbre y cortesía se personó en la casa con una caja de pastelitos, y una botella de Chivas para el señor Chong muy dado a las artes del buen beber, con tal que superara la graduación alcohólica del agua de seltz; la señora de la casa lo atendió muy cortésmente con la reverencia característica, y en un instante se vio rodeado por las cuatro féminas solteras de la casa, y los mellizos de la casada tan simpáticos como traviesos, con sus tres años tenían los dientes carcomidos, no estaban en edad de mudar y sin embargo sólo les quedaban cuatro piezas sueltas en la boca, las hijas del señor Chong se deshacían trayendo platos a la mesa: almejas salteadas con hierbabuena, berberechos crudos, pescado seco, cortezas de cerdo escaldadas, ... y botellas de agua, cola, cerveza y naranjada. Juan aturdido por las atenciones mantenía una inmovilidad sepulcral, observaba todos los movimientos pero no prestaba atención a nada, Ped la chica de sus sueños y de sus noches en vela se sentó a su lado, y con la lentitud debida le llenó el vaso de cerveza, sin provocar excesiva espuma y sin que ésta rebasara el borde del vaso, le acercó los platos o al menos dio con la intención de hacerlo tocándolos todos, porque ya estaban al borde de la mesa, y rompió el hielo con un simple: como estás; Juan que no coordinaba todavía aquel recibimiento se quedó mirando sus ojos penetrantes y murmuró: todo está muy bueno; como si la chica le hubiese preguntado por la comida, a lo que las cuatro hermanas sentadas entorno la mesa ovalada de granito no pudieron contener la risa, y Juan enrojeció todavía más y le inundó el presentimiento de que había metido la pata. Los cinco días de fiestas se mezclaron juntos entre el gentío, cinco días que tiraron agua, les mojaron a ellos, y entre la muchedumbre pudieron darse algún beso esporádico.

Pero ahora ya había pasado el Songkran y todos volvían a estar en el tajo, donde por las mañanas aquella niebla inmóvil, casi estática, que parecía que nunca iba a disolverse, cubría las llanuras de arrozales, y el humo del fuego recién encendido no se atrevía a elevarse, como si la gravedad de la tierra roja retuviera el impulso, y le impidiera suspenderse, hasta que los primeros rayos de sol con el rojo intenso de una brasa encegadora, traspasaban la atmósfera nítida y provocaban la emanación del bao en charcas y lagunas rodeadas de juncos y cañaverales, donde dormitaban los ánades y diversas variedades de aves acuáticas, que aguardaban las primeras luces para introducirse en el agua, los búfalos abandonaban el cobertizo y se desplazaban sobre el rastrojo buscando alguna rama tierna o alguna hierba crecida con la humedad de la noche, durante los días venideros sólo abría quietud y trabajo, se revivirían los recuerdos de las fiestas que serían ensalzados hasta englobar la monotonía de la repetición, Juan tardaría muchos días en volver a casa, donde la vecina, aquella viejecita rodeada de nietos iba reconvirtiendo en una sartén cónica las costras de sal que había recogido al evaporarse el agua de los arrozales, pensando en las hijas, madres de las criaturas que trabajaban en las zonas turísticas, para enviarle muy de tarde en tarde algún bhat con que subsistir durante la época seca, y el abuelo con su red sabogal recogida bajo el brazo, repasaba las charcas y acequias de agua verdosa por ver de atrapar alguna tenca o sábalo con que acompañar el arroz, ni vería en las siestas infinitas, cuando las criaturas duermen obligadas en las hamacas, aprovechando la ínfima corriente de aire que traspasa por los bajos descubiertos de los bungalow, en forma de palafitos, pasar la muchachita de cara redonda con la sonrisa impresa en su rostro, con la trenza de cabello que le descendían hasta la última curvatura de las nalgas, cubierta con el sombrero cónico de paja que le tapaba el rostro sudoroso, ofreciendo en unas tazitas de porcelana los dulces que había preparado su madre, con harina de arroz, azúcar y coco, que llevaba en el "jab" de manera artesanal, cruzando las espaldas y con el peso equilibrado, ni vería al vendedor de helados con la bicicleta cubierta con una sombrilla, y tocando la campanilla para alertar a la prole, ofreciendo cucuruchos de helados casero con cacahuetes y fruta troceada a bhat cada uno, como tampoco verían las luces de neón de cabarets y prostíbulos, ni pasar la banda municipal por la calle, serían días de trabajo abnegado.

El canto de una loza oculta por raíces y hojarasca quedó al descubierto, dos hombres estuvieron cavando un foso a su alrededor, tenía dimensiones que no coincidían con la lápida de la tumba, siete metros de largo por tres y medio de altura, además estaba clavada en la tierra en posición vertical, por lo que los hombres tuvieron que cavar un hoyo profundo, no formando un ángulo perfecto de noventa grados, y el lomo de cincuenta centímetros de grosor estaba liso y nivelado, Juan pensó que aquello podía formar parte de un muro o ser la puerta de una pequeña fortaleza, ambas cosas confirmaban que la lápida sepulcral hallada en la zona, no correspondía a un pueblo o individuos trashumantes, si no que estuvieron establecidos allí, y que habían sido extinguidos sin dejar el menor rastro, o si lo habían saqueado después la historia lo había omitido. Como se había decidido de antemano prescindir de maquinaria pesada en los trabajos de desmonte y durante las excavaciones, hubo que incorporar diferentes artilugios mecánicos para mover la enorme losa basáltica de casi dos toneladas, sin dañar las aristas y con la precaución debida para que no se partiera con un balanceo, metiendo cuñas cada palmo que movían las árganas y ayudando a estas con gatos hidráulicos, hubo que atornillar unas garras metálicas en un costado hasta que los cables pudieron pasar por debajo; todo debía hacerse con suma precaución y cuidado, pues tanto monsieur Doupond como Juan Marrasé no querían que ningún hombre se lastimara, y menos aún la roca cuya naturaleza desconocían, como ignoraban también que habría oculto tras ella, de haber algo. Los árboles que sujetaban las árganas se arqueaban cada vez que alguien movían lentamente el bloque; fue un trabajo lento y arriesgado que se culminó felizmente sin advertir desgracias, amen de algunos rasguños, un par de uñas cambiadas, la picadura de un escorpión y el susto de Ngen, el joven cocinero que se quedó colgado por un pie de la cuerda que se había enrollado, cuando se partió una de las cuerdas que sujetaban en equilibrio la gran mole, y se desarqueó el cocotero adquiriendo nuevamente su forma vertical. Con rodillos hechos con troncos fue transportada unos veinte metros a un rellano previamente acondicionado, y este día tuvieron la primera visita oficial del patrón desde que se habían iniciado las tareas. Bien, dijo monsieur Doupond absorbiendo el humo de sus Guittanes, ahora ya sabemos que aquí existió una fortaleza, pudo ser un castillo un monasterio o un palacio, pero lo que si estamos seguros que bajo esta tierra se halla oculto el testimonio de lo que fue, así que ahora empieza el trabajo de verdad. Todos creían que con la roca extraída habían cumplido con la tarea dura, y se derrumbaron al oír las palabras de monsieur Doupond. Lo acompañaba un joven monje que según decían era hijo suyo, y que además de la estatura los rasgos faciales lo confirmaban, le había educado en colegios distinguidos y costeado los estudios de filosofía en la universidad de Chulaloncorn, ahora estaba cumpliendo sus tres años espirituales como hijo de buena cuna.

Con el entusiasmos de quien le sacan un manjar después de harto, volvieron a zumbar las azadas, palas y machetes, la tierra extraída era transportada en carretillas al exterior de los límites del montículo, allí con un cedazo Ngen se encargaba de supervisarla por si habían trozos de cerámica o elementos diminutos, que hubiesen pasado desapercibidos a los hombres que faenaban en la zanja, Yung y otro hombre extraían la tierra desde el fondo del hoyo donde se sentara la roca de origen volcánica, el otro hombre se llamaba Chang, o sea "elefante", y realmente sólo le hacía falta la trompa, porque hasta los colmillos y las orejas guardaban cierto parecido, obeso y de cara embotada era un tonel con más voluntad que acierto en lo que hacía, se sonaba los mocos y eructaba con la ilusión de un crío de pecho, se peía, sin educación, aunque estuviera en la mesa, cosa que Juan le llamó la atención aunque infructíferamente, roncaba por las noches con sentimientos de hipopótamo y comía gruñiendo como un cerdo, otra cosa que no le asemejaba al elefante era que le gustaba toda clase de bebida menos el agua.

En las noches serenas, que se podían contabilizar todas las estrellas agrupadas en constelaciones y galaxias, en el silencio sólo alterado por un ave rapaz o el canto de los lagartos en celo, a Juan lo envolvían los recuerdos, las nostalgias, los tiempos ya lejanos, aquellos compañeros que junto a él habían forjado el restablecimiento de la democracia en su país, con la ilusión de cambiar las cosas, con una fe abnegada en su ideal, impulsando desinteresadamente que se produjera el sueño casi utópico que habían adquirido, recordaba las noches eternas en claustros y aulas escolares, discutiendo y divagando sobre autogestión, marxismo, leninismo, idolatrando aquellos personajes prohibidos en su juventud, los poemas de Maiakowski, de Miguel Hernández, de Gabriel Celaya, los manifiestos de Trosky o Pablo Neruda, las canciones de Raimon o Lluis Llach; ahora todo aquello parecía pertenecer a otra era, a otra época olvidada en la noche de los tiempos, la máquina del poder había arrollado a todos los idealistas, y los tecnócratas y burócratas se habían situado a su sombra, el poder seguía en manos del capital, y el gobierno ejercía sus poderes obedeciendo intereses distintos de los que había sido concebido, el paro aumentaba vertiginosamente, la presión fiscal impedía el mantenimiento de las pequeñas empresas, el bloque del Este se había desintegrado, todas las teorías del proletariado se venían por los suelos, todos los movimientos de masas, todas las luchas de la clase trabajadora habían sido inútiles. Juan pensaba todo eso y la ingenuidad con que actuara, recordaba un compañero de Amposta perteneciente a un sindicato agrario, que en sus mítines siempre refería la misma fábula: Cuando el Rey Carlos III, era joven y paseaba a la hora de la siesta por los campos de Castilla, siempre veía a los campesinos durmiendo en la sombra de los árboles, entonces le preguntaba a su padre el Rey Felipe V: padre por que los campesinos siempre están durmiendo, y el padre respondía: hay pobres de nosotros el día en que los campesinos despierten! Esto lo repetía en todos los mítines pero en cada uno variaba de Rey, unas veces era Carlos III y otras Carlos II. Otro viejo militante socialista del Vendrell, decía con su voz pausada y ronca de fumador empedernido: En tiempos de Jesucristo hubo un agricultor que se dirigió a Él y le dijo: Señor por qué los campesinos que trabajamos la tierra no podemos comer? Y Jesucristo respondió: el día que los campesinos seáis capaces de uniros los gobiernos se postrarán a vuestros pies. Todo esto ahora eran sueños de una juventud perdida, de centenares de jóvenes que soñaron ingenuamente que podían cambiar el mundo, el país, darle otro sentido a la vida y a las cosas de como las habían conocido, pero fueron sólo sueños de juventud, pues la vida es sólo un sueño y los sueños, sueños son, según dijo Calderón de la Barca, la realidad pragmática era otra, se había luchado por las autonomías, y ahora éstas servían para imponer más impuestos, para duplicar los estamentos burocráticos, para doblar las fuerzas de seguridad y los inspectores de todos los organismos, en definitiva para hacer más complicada la vida del ciudadano de pié, el poder adquisitivo de la clase obrera, y las empresas familiares tan extendido en España sufrían un enorme retroceso, la libertad con que se movían en otro tiempo los miles de artesanos autónomos ahora se veían sucumbir ante los gravosos impuestos y el feroz control de los inspectores, se había conseguido llegar al estado de vivir a salto de mata, como si el futuro no existiese y como si el pasado no formara parte de la historia, como si lo único importante fuera pasar el día presente con las menos vicisitudes posibles, todo acabaría estando en manos del gran capital como lo había estado siempre, amen de la aventura obrera de este siglo, el hombre sería un número que las multinacionales y los gobiernos seguirían utilizando, y su vida carecería de la utilidad de tal nombre, serán autómatas creados para el servicio de los grandes intereses como lo habían sido a través de los siglos, la esclavización, la explotación del hombre por el hombre, seguiría siendo una consecuencia lógica de la cuna de cada uno, sólo podía el hombre buscar refugio en la religión, pero la fe también se había disipado durante este siglo, ahora ya no le quedaba nada. Esto pensaba Juan a la tenue luz de la lámpara de gas, cubierto con la red ciega para que los mosquitos no le devorasen, rodeado de unos seres que no tenía remota idea sobre sus identidades, pero que ellos tampoco conocían la suya, el mundo está lleno de pequeños seres que viven sus pequeñas vidas, que sin ninguna alteración ecológica nacen se reproducen y mueren, mueren en el silencio de la noche pasando desapercibidos y en su entorno todo sigue igual que antes, pequeños seres que han vivido su pequeña vida, unas inquietudes unos sueños que pasan inadvertidos a los ojos de la historia, son seres del género humano pero con minúsculas, acurrucados sobre el camastro bajo el universo infinito, descansando de un esfuerzo que consideraban inútil pero les permitía seguir viviendo, el porque y para que hacían el trabajo les traía sin cuidado y Juan en parte admiraba su absentismo, por que él conocía la otra cultura, la que todo es progreso, la que los hombres tienen libertad para criticar al gobierno pero no para renunciar un impuesto injusto, la que hay que agradecer al banquero que concede un préstamo aunque el precio del dinero sea muy elevado; recordaba la fábula del pescador de caña, el hombre que pescando con una sola caña consiguió ahorrar para comprar otra, y luego una barca hasta que hubo una buena flota, y luego pudo dedicarse nuevamente a pescar la caña. Aquellos que dormían en el silencio de la noche, envueltos de espectros del pasado y fantasmas del presente, no soñaban con pescar para comprar una barca, soñaban con pescar aquel día los peces que iban a necesitar para comer.

Aquellos días se sucedieron los hallazgos rocosos, Chang y Yung hicieron prodigios con sus descubrimientos, todo indicaba que la veta rocosa había sido una pared, posiblemente la principal, habría que extraer mucha tierra, tierra que con los siglos y las erosiones había cubierto la hipotética fortaleza, que según los indicios ya podía deducirse que había sido incendiada, restos de madera carbonizada, cenizas que no obedecían a origen volcánico, restos de cerámica arcillosa coloreada por el fuego, todo indicaba por los indicios que aquellos posibles cortadores de cabezas habían sido reducidos y aniquilados por el fuego; iban reconstruyendo vasijas con los restos hallados, los otros dos hombres, Gnú y Meu iban rayendo y cortando arbustos, Gnú "serpiente", era del norte, de las montañas de Chiang Rai, hombre poco hablador, reticente a todo y receloso de todos, acostumbrado a todas las vicisitudes, para él no habían riesgos ni peligros, no temía a nada ni a nadie, se decía de él que por las noches hablaba con sus antepasados, había trabajado siempre en los montes talando árboles y arrastrando troncos con los elefantes, en una ocasión que según decía lo había atacado un tigre éste pereció descuartizado en sus manos, y las boas huían de él porque cuando veía una le daba caza y se bebía su sangre antes de que coagulase, era robusto y tosco pero abnegado en el trabajo, el otro hombre Meu "gato" era la antítesis de Gnú, su madre le había restregado rana por la boca de recién nacido temiendo que fuera mudo, y según narraba él mismo ya nació embriagado, pues su madre era alcohólica y la leche que lo amamantó contenía más alcohol que calcio, fósforo o vitaminas, tenía una perrita que sin saber como había quedado embarazada, y a su tiempo parió tres cachorros, dos machos y una hembra, que ya correteaban por los alrededores de las instalaciones, Yung algunas veces los miraba y decía: con lo tiernecitos que están ahora. Pero estaba advertido por todos que si hacía daño a los canes era hombre muerto. Meu se había criado en el mar, era hombre de redes y nasas. De sedales y aparejos, había crecido en los ambientes marineros de Chumphon, conocía los vientos y el manejo de las velas, las corrientes marinas y los arrecifes, pero en las alturas al principio se mareaba, tenía espíritu aventurero y en sus borracheras nocturnas rasgueaba una guitarra, no era agresivo pero era truhán y mujeriego, contaba situaciones inauditas de su estancia en el mar y sus lances en tierra firme, pendenciero desde los once años en que lo desvirgó una hermana mayor, no había perdonado ninguna hembra que se le hubiese puesto a tiro solteras, casadas, viudas, separadas, hasta algún travestí; en una reyerta de taberna clavó un garfio en la espalda de otro marinero que cayó fulminado, y tuvo que huir de noche y con lo puesto para no cumplir condena.

Los guayabos y mangos que habían crecido en el espeso bosquecillo, traídos por algún mirlo o alguna rata que arrastró su simiente, tenían su fruto carnoso en fase de maduración en los claros de los majestuosos tamarindos y las inmensas gincgoáceas, los bananos mostraban sus frutos escasos y raquíticos pero dulces y aromáticos. Mientras sin llegar a los cimientos de su base ya se apreciaba la estructura del edificio aunque todavía no su uso funcional, tenía forma rectangular, su fachada o lo que se desprendía que había sido la fachada medía setenta metros, igual medida que la pared posterior, las paredes laterales medían cincuenta y dos metros longitudinales, por lo que daba un espacio aproximado de tres mil seis cientos cuarenta metros cuadrados. La enorme pieza de basalto extraída ya no cabría la menor duda de que había sido la puerta de entrada, aunque hasta el momento no se concibiera el método utilizado para moverla, el edificio había estado cubierto con bóveda de cañón formada por cercas de troncos y revestido de cañizos, se apreciaban galerías y pasadizos, salas y habitáculos, corredores y pilares, pero era arriesgado precipitar un pronóstico, y hacer análisis radioactivo con carbono 14 de los objetos exhumados era derrochar tiempo y dinero, pues ya sabían la edad aproximada.

Una palanca tuvo la culpa, una palanca acerada con los extremos curvos y manejada con la torpeza de Chang, tuvo la culpa de darle un significado positivo a las excavaciones, una palanca que no debía valer más de setenta bhats en el mercado, levantó una pira funeraria, una piedra de sacrificios y ofrendas, bajo la cual se hallaban vasijas de oro ornamentales con incrustaciones de piedras preciosas, puñales y estiletes con gravados ceremoniales, platos y jarrones de oro y jade cincelados por algún orfebre prodigioso, eran solamente veintisiete piezas pero todas de gran valor material y arqueológico sin duda alguna, y abría las esperanzas de que la fortaleza no había sido saqueada, además podían tomar ciertas referencias que los situaba en la sala de sacrificios del palacio. Hubo que vigilar con cautela que ningún hombre guardara para sí algún objeto hallado, por eso Juan ya no se movía del tajo, Meu tan charlatán e ingenioso como borracho y mujeriego, apuntó que aquella fortaleza podía haber sido destruida por un meteorito, idea descabellada propia de un trotamundos soñador, por que un meteorito de la magnitud que fuera, si había sido capaz de destruir un palacio o una ciudad habría sido capaz de hundirlo, y por lo menos los supervivientes hubiesen llevado consigo sus tesoros, y por que razón habiendo tanto espacio abierto caería un meteorito precisamente encima de la ciudad, pero como nada podía descartarse quedó anotado como una de las posibilidades, aunque fuera ilusoria y controvertida, por que el calculo de posibilidades no siempre es tan exacto como por costumbre suelen hacer los ingenieros y físicos nucleares, que conociendo la seguridad de las centrales dan un riesgo de fuga de un uno por mil en una planta atómica, pero nadie sabe cual es la central entre el millar que puede estallar, pero Juan ya había conocido los sucesos de Harrisburg, Chernovil, y Vandellós, y no creía en ninguna teoría de los funcionarios de dichas empresas, él solo creía que el peligro y el riesgo existían, y que muchas personas habían pagado un alto precio, como podía haberles ocurrido a las gentes que moraron aquellos habitáculos hundidos, podían haber sido víctimas de una batalla implacable, de un incendio fortuito, de una epidemia devastadora, o como apuntó Meu por un meteorito.

Monsieur Doupond ya había secuestrado y puesto a buen recaudo las reliquias encontradas, no se primó a Chang como tenían previsto para no sentar precedentes, por lo contrario hubo una gratificación general para todos los hombres, que mostraron sorprendente alegría excluyendo a Meu que agradeció irónicamente el regalo de propina diciendo: para que quiero dinero si tampoco puedo gastarlo. Su obsesión por las mujeres le quitaba el sueño, su pregunta de rutina diaria era cuando podría ir una noche a la ciudad por que el semen ya le brotaba por las orejas; al final lo consiguió, se decidió parar los trabajos el fin de semana y que fueran los hombres a desbravar sus necesidades a Loei, Juan y el joven Ngen se quedaron vigilando el campamento, y Gnú, Chang, Yung y por supuesto Meu fueron a satisfacer sus necesidades primarias y a gastar la paga extra que según ellos les había caído del cielo.

Juan ahora soñaba medio convencido que allí oculto podía haber un gran tesoro, y que su diez por ciento podía representar una cuantiosa fortuna. Cuando los hombres volvieron al cabo de tres días parecían exhaustos, lacios y exprimidos, Chang aunque había estado en la cama en tres ocasiones y con tres muchachitas diferentes, no había sido capaz de tener una sola erección, pero que muy a su pesar tubo que pagar los servicios de las respectivas adolescentes. Gnú como era normal no refirió nada ni dijo a nadie lo que había hecho ni donde había estado. Yung por el contrario se extendió en detalles, había mandado un giro a su madre, se había comido un asado de can bien cebado, y que la primera noche estuvo en un club donde una vietnamita le hizo un trabajo estupendo. Meu en cambio dijo que durante los tres días no había salido de la pensión, dejándolos atónitos. Pero luego añadió: Cuando llegué a la pensión le dije a la dueña que proveyera mi habitación de whisky, hielo y agua de seltz, y que sus hijas renovaran este servicio cada dos horas, y las cinco hijas todas casamenteras y con la pubertad olvidada, fueron pasando por la habitación llevando la bebida alternativamente, y ofreciendo sus servicios de masajes completos y aportando las peculiaridades más sublimes de su profesión, que con generosidad Meu compensaba y ellas tendían la mano con sonrisa inocente i pícara; al final llegaron a insultarse en una disputa fratricida por que todas querían colarse, y la madre decidió salomonicamente hacer ella todos los servicios, pues aunque tenía sus años los llevaba bien conservados, regordeta y de faz suave y tersa, con las carnes prietas y los senos más desarrollados que las hijas, y en compensación la cuota a pagarle no era tan elevada. Pero la ultima noche fue algo inolvidable, había repuesto fuerzas con media docena de huevos, un caldo de gallina negra, hígado de búfalo, huevas de carpa adobadas, y codillos de cerdo con salsa de curry, remojado con un vino de California que debiese olvidar el último americano que estuvo allí, unos gramos de coca y presupuesto concertado con las dos hijas más veteranas. Cuando llegamos a la cama se desvivían por desnudarme, se peleaban por ser la primera, me sobaron con avaricia, se dejaban sodomizar con resignación, me mordían con rabia, las penetraba con entusiasmo, por el sudor y las eyaculaciones la cama parecía una balsa, se retorcían, gemían, gritaban, me arañaban la espalda, yo tenía que consolar a una con lo mío y a la otra con los dedos y la lengua, inventamos un número nuevo el seiscientos noventa y seis, por la mañana yo estaba exhausto pero ellas agotadas, parecían muertas reposando en el charco de sudor, pues entre las dos y entre todos los orificios eyaculé en diecisiete ocasiones. Tampoco había que creerse todo lo que decía Meu.

Una figura de bronce de medidas reducidas les indicó que andaban por buen camino en aquella búsqueda, la figura de treinta y ocho centímetros de alzada simbolizaba una mujer con la parte superior descubierta y la cabeza de lagarto, cuyo significado escapaba a su capacidad de entendimiento, una pared de lo que posiblemente había sido una sala principal, pues vertían en ella varias galerías de la pieza, presentaba numerosas figuras esculpidas en la piedra, pero con los años la tierra se había incrustado en las ranuras del cincel y los buriles, y representaban un minucioso trabajo dejarlas nuevamente limpias y al descubierto.

Una imagen de Buda en meditación fue descubierta por Gnú, aunque este no dijo nada hasta que tuvo la faz prácticamente desenterrada, estaba esculpida en roca de granito jaspeado y era de tamaño natural, la base formaba parte del mismo bloque, y la tierra se desprendía de la figura con suma facilidad. Sin saberlo habían hallado los restos de dos civilizaciones, el ocaso de aquella tribu descendiente de los montes Naga, de espíritu belicoso y creencias tribales ancestrales y sanguinarias, y los albores del Budismo, pues demostraba que los seguidores del Iluminado, habían dejado su huella en aquel asentamiento, tal vez convirtieran a su monarca, o tal vez fue un jefe nómada quien se estableciera allí por última vez trayendo consigo a su pueblo con su religión y sometiendo a sus antiguos moradores.

Juan hubiese querido dedicarle algún piropo bien castizo como: maldita sea tu estampa, o maldita sea la hora que te contraté, o simplemente enfurecerlo con un insulto hacia su progenitora, pero se abstuvo, lo pensó pero se abstuvo, ignoraba como reaccionaria si lo violentaba más, seguramente mal y tubo que abstenerse de hacer comentarios enojosos, dijo únicamente con voz seca y rabia contenida: Gnú hay que tener más cuidado, aquí nadie nos mete prisa. Gnú había movido la figura de Buda él solo, y se le había volcado cortándose de cuajo la cabeza. Esto se puede pegar; dijo Meu por disuadir la tensión. Chang sin embargo más alarmista exclamó: esto nos traerá desgracias. Chang todo cuanto tenía de obesidad, lo tenia también de pueril y supersticioso, desde que le picara un escorpión no había vuelto a levantar una piedra con las manos, utilizaba un azadón o su famosa palanca, decía que los escorpiones olerían en él el veneno de sus congéneres y se ensañarían si les acercaba la mano. Gnú al oír este comentario con tan poco acierto dijo entre sollozos dirigiéndose a Juan : si quiere me voy. Pero Juan con la psicología mediterránea le   disuadió la rabia contenida añadiendo: no te preocupes Gnú, esto ha sido un accidente, y un accidente lo puede tener cualquiera, vamos a volver a nuestros puestos como si no hubiese ocurrido nada, además monsieur Doupond no tiene por que enterarse en que estado estaba la estatua, si ignora todavía que la hayamos hallado. Juan hubiera cometido un grave error reprendiendo a Gnú, luego se dieron cuenta que la cabeza ya se había partido en los siglos de los siglos, pero se mantuvo en su estado vertical por que la tierra le había cubierto todas las partes, y parecía ser una sola pieza que se derrumbó al inclinar Gnú la imagen.

La noche que avecindaba amenazaba con traer tormenta, por poniente acechaban nubarrones grisáceos y blancos como manojos de algodón, según Meu no había que fiarse de los torbellinos que nacían por poniente, palabras que reafirmó Gnú con un simple : Esta noche los tendremos en remojo. Así que decidieron cubrir las zanjas y los hoyos de las excavaciones con toda la lona existente y láminas de tablero aglomerado. Aun estaban sujetándolo con piedras en los bordes, cuando sin previo aviso se iluminó el cielo con un relámpago cercano, seguido del correspondiente estruendo al tiempo que las enormes gotas caían como intentando perforar la tierra, sin dar tiempo a los hombres a ponerse bajo cubierto, tres horas machacaron incesantemente los rayos, truenos y el agua torrencial, tres horas de tempestad con viento y aguacero que hundió el cobertizo del ganado, arrastró tablones y víveres, arrancó arboles e inundó las excavaciones, las dependencias y los enseres personales quedaron empapados. A la mañana siguiente hubo que pedir por radio una bomba para achicar el enorme aljibe.

Los servicios informativos de la mañana que emitía radio Bangkok a las siete, anunciaban la catástrofe, al tiempo que pedían ayuda humanitaria y voluntarios para las zonas más afectadas, una voz femenina iba repitiendo los datos que le llegaban a la emisora, el número de ahogados era alarmante sin mencionar los centenares desaparecidos; solo las víctimas encontradas se podían contabilizar ya que en los suburbios muchos no estaban censados, Bangkok trescientos once, Chon Buri treinta y cuatro, Samut Sakhon sesenta y tres, Samut Prakan ciento doce, Nonthanburi cuarenta y ocho, el mismo número de víctimas que las halladas Pathum Thani, pero donde la tormenta clavó sus garras con más fuerza fue en Ayutthaya que hasta el momento ya llevaban rescatados setecientos veintidós cadáveres. El desbordamiento del río Chauprayá en la configuración de sus afluentes y canales adyacentes, arrasó a su paso casas chabolas y palafitos, vehículos y animales, enseres y cosechas, parecía haberse concentrado el agua de un océano en un radio de cincuenta kilómetros, los que lograron salvarse de la tromba de agua quedaron horrorizados e impotentes, el que no había perdido un hijo andaba preguntando por la mujer o su madre, entre la confusión reinante y la oscuridad de la noche a muchas de estas personas las arrastró la corriente. En total los cadáveres hallados hasta el momento ascendían a mil trescientos treinta y ocho, pero esperaban recuperar muchos más cuando las aguas menguasen, sin olvidar los que había tragado el mar o quedaron sepultados en el lodo de los ríos, habría que incinerar los cadáveres de animales que yacían por las riberas y remansos fluviales, en prevención de una posible epidemia, y intentar paliar las primeras necesidades de los supervivientes, controlar el pillaje, por lo que destinaron varias compañías del ejercito a todos los puntos siniestrados, debían atender el primer impacto todos los ciudadanos por mandato real en una actitud fraternal y desinteresada. Ya se rumoreaba un ligero aumento de las gramíneas, por lo tanto del alimento base y sus derivados, entre ellos la cerveza que los campos de cebada habían sido barridos, pero era precipitado solo eran rumores y conjeturas, por que el gobierno no había hecho ningún pronunciamiento al respecto, solo hablaban con dolor y pesadumbre para sofocar el llanto de los familiares de las víctimas, hablaban de indemnizar equitativamente a los damnificados, para reconstruir sus casas y restablecer los campos, promesas que suelen ser escasas o perderse en palabras pero que sirven de consuelo y esperanza, anunciaba la visita del primer ministro a los lugares afectados, Su Majestad el Rey muy conmocionado visitaría todas las ciudades siniestradas cuando las aguas amansasen y volvieran a su cauce como le habían aconsejado; los sentimientos de dolor habían rebasado en pocas horas los limites fronterizos, y las organizaciones internacionales de carácter benéfico ya hacían su llamamiento para socorrer a los desahuciados.

Tres días tardaron en absorber el agua y reanudar las tareas, la lluvia había lavado las losas de las paredes y las columnas del propileo, pero además había encharcado el fondo que por las filtraciones el barro no acababa de secar, el lodo resbaladizo hacía difícil los adelantos y solo cabría esperar que se solidificase el fango con los días y el calor, Chang se había negado a bajar al fondo de las excavaciones, pues estaba más tiempo caído de espaldas o de bruces que de pié, y temía con romperse alguna extremidad, así que tiraba de la cuerda los cubos de légamo que Yung llenaba. Ahora la prensa ya hablaba de cinco mil entre muertos y desaparecidos, Juan recordaba con estupor las inundaciones de finales de septiembre del sesenta y dos en Barcelona, cuando se desbordaron el Besós y el Llobregat, y un mes después las barcas de arrastre desde San Carlos de la Rápita hasta Palamós todavía encontraban cadáveres en sus redes, bajaron los precios de muchos pescados carroñeros, y aumentaron los de otros consumidores de plancton, se revistieron las paredes de los ríos a su paso por las poblaciones ribereñas, y se intentó acabar con el barraquismo existente, propiciando mudar a los desahuciados a edificios más sólidos, que ofrecieran más garantías que las vegas arcillosas del río, pero solo fue un intento por controlar la situación y amansar los ánimos, era la década del seiscientos y de los veinticinco años de paz, y el país empezaba a recuperarse, florecía la industria y los perdedores empezaban a ser perdonados, no se podía pedir más al gobierno de un régimen tan considerado, hasta el gordo de la lotería de Navidad tocó en Barcelona, y la Seat hizo ampliaciones, era la década de los primeros turistas y de los primeros biquinis, del relanzamiento de España al exterior como país estable. Y de olvidar de algún modo la siniestralidad del chabolismo de muchas familias humildes que inmigraron a Cataluña buscando un trabajo que les proporcionara un futuro mejor para sus hijos. Aunque para Juan fue la década de las primeras aventuras de juventud, de los primeros ligues, del primer alunizaje y del descubrimiento del amor, con el entusiasmo de conseguir un roce, una caricia, una insinuación, una cita, un beso, una conquista de verano con alguna extranjera en la playa, el roce en un baile con luz tenue aunque pusieran las chicas los brazos como dos tensores, una caricia en el gallinero de un cine, una insinuación durante el paseo de los domingos por la tarde, cuando iban las chicas en peñas y cogidas por el brazo, una cita en el local donde organizaban los güateques, y un beso inocente en el portal de su casa. Era la época del amor ingenuo recordaba Juan, del amor sin malicia tierno y frágil, aunque entonces todo pareciera perpetuo o perdurable, dolía pensar que algún día pudiera romperse, los secretos, las promesas, las miradas, sugerían un respeto pueril que no habían aprendido todavía.

Las piedras lavadas por el temporal presentaban rasgos que antes de la lluvia estaban ocultos, habían marcas, señales, caracteres desconocidos, pero esculpidos con precisión de imprenta, con un cepillo fino de esparto se podían repasar los restos sueltos de tierra en las diminutas regatas de los bloques de piedra labrados, era necesario copiar lo más exacto posible todos los gráficos ignotos que habían aparecido, para que los entendidos dieran un veredicto sobre su significado, la cabeza de la imagen de Buda fue adherida al cuerpo con cemento y casi no se apreciaba fisura alguna, Gnú y Meu que habían iniciado un nuevo tajo en la parte interna del ala posterior, sacaban capazos de tierra que amontonaban en el exterior del recinto para su posterior examen, Gnú llenaba espuertas con el azadón y Meu las transportaba, Gnú cavaba silencioso a un ritmo tranquilo pero inalterable, Meu arrastraba la tierra unos veinte metros, canturreando canciones marineras que más bien parecía un susurro perenne. De pronto un grito desgarrador, Meu soltó un Hay !! que paralizó todas las manos, y las espaldas encorvadas se enderezaron, se le había introducido una enorme escolopendra por el camal del pantalón, y cuando involuntariamente la aplastó en la nalga, ésta le devolvió la picadura y el veneno de sus patas, en un instante quedó en calzoncillos y martirizó al animal con el machete, pero el picor y el dolor crecían junto con las ampollas; un empaste con barro de orina le alivió el dolor hasta que llegó el medicamento. Gnú que le había empastado con sus propios orines, volvió decidido al tajo iniciando el trabajo en solitario, fue cuando vio una punta de hierro corroída por el óxido, eran los restos de una lanza que situaría el recinto como patio de armas, todos los restos de hierro que se sucedieron estaban corroídos por el óxido, se partían al presionarlos con la mano en láminas endebles, la tierra incrustada y la humedad habían desintegrado su solidez, pero era la muestra de que fue un pueblo armado si no belicoso. Todos los restos se almacenaban numerándolos de acuerdo con su situación en el plano, no querían que ningún detalle fuera posteriormente motivo de duda.

Juan ya tenía algunos ahorros, pero no suficientes como para pretender la mano de la hija del señor Chong, hubiera caído en la vergüenza y deshonor de no poder cumplir el pago, se carteaban semanalmente y comprometido en matrimonio, pero las posibilidades de Juan eran escasas para un acometido tan trascendente, ignoraba el precio que fijaría el padre, y si este era regateable con una contraoferta, pues podía interpretarse de dos formas distintas, pero las dos deshonrosas, si el padre consideraba el regateo como una falta de solidez por parte de Juan, difícilmente accedería a entregársela temiendo que éste no la pudiera mantener dignamente, si por el contrario pensaba que el regateo era simple condición de compraventa de una mercancía, dudaría aún más en entregarla, creyendo que los sentimientos de Juan hacía su hija no estaban suficientemente arraigados, a Juan solo le quedaba esperar y que el tiempo y la fortuna decidieran, y seguir con la tarea obstinada por descubrir el soñado tesoro oculto, que aunque fuera lento el trabajo no se podía despreciar el asalario con que le retribuía su mecenas.

CAPITULO 5
LOS RECUERDOS

Una esposa prudente intenta ser la primera de las mujeres de su marido pues sería ilusorio querer ser la única. Amin Maalouf

Un amigo suyo, Catánia, aunque en realidad el nombre de Catánia lo había adquirido por una serie televisiva en que el protagonista se llamaba Giovanni Catánia, le decía: El dinero cuando lo tienes en las manos no le das importancia, es como la mujer que tienes en casa que no le das importancia hasta que la hechas a faltar, Catánia había sido un importante constructor de la Costa Dorada, había crecido y formado una gran empresa en la época de expansión turística y del crecimiento turístico de la costa, se había encumbrado sin proponérselo, se regocijaba de alternar en los mejores restaurantes y las mejores salas de fiestas de las ciudades europeas a las que su mujer le acompañaba; luego cambiaron los tiempos y los vientos de democracia movilizaron los sindicatos, tuvo que hacer frente a la reivindicación de sus empleados, seguidas de un brusco aumento del cemento y materiales de la construcción, con cantidad de presupuestos concertados y obras iniciadas, no pudo hacer frente a los pagos que superaban los ingresos y los bancos acreedores se volcaron sobre él, como aves carroñeras en busca de los despojos, los obreros le hurtaron hasta lo último de sus reservas, las casas comerciales le atosigaron hasta usurparle las escasas existencias, las obras quedaron paralizadas y sus deudos le negaron cualquier pago ante el rumor de su bancarrota, pero su moral prevaleció siempre con un elevado sentido del humor, que con su cigarro en la boca disuadía a los curiosos diciendo: Cuando tenía duros fumaba puros, y ahora que solo tengo empeños fumo "caliqueños". Catánia había crecido y derrumbado con la facilidad de un castillo de naipes, pero mientras permaneció en la cúspide todos querían canjearse su amistad, por todas partes aparecían amigos y parientes desconocidos, que él pagaba sin recato e invitaba con orgullo, y él gastaba su dinero en concebida resignación. Pero cuando el castillo de naipes se derrumbó, corrieron todos los que merodeaban como ratas aterrorizadas por el fuego, los familiares desaparecieron como tragados por la tierra, los amigos de antaño lo negaron como San Pedro la noche en que prendieron a Jesús, la mujer con quien había vivido tantos años de abundancia se separó de él, después que precavidamente tubo la mansión conyugal a su nombre evitando el desahucio por los acreedores, y Catánia se vio en la calle y sin recursos, pero siempre decía con resignación: al fin y al cabo al mundo vine desnudo.

Juan recordaba a Catánia con respetuosa admiración, aunque Catánia lo había precedido en el descalabro de su empresa guardaban enorme similitud, Catánia se había impuesto ante las vicisitudes del destino, aferrándose a la vida como condición invulnerable, estos eran los pasos que Juan debía seguir para no caer en ninguna tentación irreversible, el infortunio entristece y la soledad es pavorosa, pero debía agarrarse fuerte a las ansias de vivir para superar el vacío. La soledad conduce al reencuentro con los recuerdos, el repaso al espacio de vida transcurrido, a lo que fue y lo que pudo haber sido, a lo que se obtuvo y lo que se desechó, al legado adquirido y al ocaso de éste, en la soledad se recuerdan situaciones, actos, pensamientos, que por su insignificancia pasaron inadvertidos cuando ocurrieron, pero que existieron y fueron parte de este pasado; es difícil valorar la paz del entorno si uno no encuentra la paz en sí mismo, esto solo lo consiguen los grandes hombres, los sabios y pensadores que son capaces de controlar su mente, pero los hombres sencillos de cultura mundana están obligados a vivir de recuerdos, entre ellos amores odios y indiferencias, quizás la indiferencia sea el peor de los sentimientos, pues el amor es un sentimiento afectuoso y positivo, el odio es la antítesis del amor con sentimientos negativos, pero cualquier alteración de ambos puede desembocar el uno en el otro, como dos extremos que pueden llegar a rozarse, o dos líneas paralelas que por alguna alteración pueden llegar a coincidir, pero la indiferencia es el vacío, es la nada, la no existencia, el punto culminante de la soledad de un hombre, y Juan debía llenar este vacío para imponerse a las vicisitudes.

El yacimiento cada día era más prolífero, no pasaba una sola jornada que no hallasen un busto, un utensilio, una columna, un capitel o restos de cerámica, las excavaciones adquirían un esplendor arqueológico de incalculable valor histórico, no se había advertido hasta el momento la presencia de ningún sabueso intrigante, y ahora más que nunca había que extremar las precauciones, era conveniente que no percibieran ningún indicio de lo que se estaba fraguando, pues aunque se engrasen éstos para comprar su silencio, estaba demostrado que era un método carente de resultados para una empresa de larga duración, podían utilizarlo como soborno si les despertaba el apetito de la avaricia, o podían interrumpir su silencio una noche de embriaguez, por lo tanto lo idóneo era la ignorancia de las personas ajenas. Los perros ya crecidos, se amarraron dos en el camino de entrada junto la valla, para que avisaran el paso de merodeadores, y dos en la parte norte a la sombra de un carpe que era el hito que delimitaba la finca, los canes no eran agresivos por que se habían acostumbrado a comer de todas las manos, pero ladraban si se acercaba un extraño, el joven Ngen era el encargado de traerles comida y abastecerles de agua, que nunca se le olvidaba porque Meu que se consideraba dueño de los animales incidía en ello, se les hizo un cobertizo con cañas para que tuvieran donde cobijarse, y adquirieron privilegio de prioridad en el trato por el acometido que estaban desempeñando, era un pequeño pago a su fidelidad, por que cumplían sus funciones con eficacia y resignación.

Una noche que Chang había bebido en demasía, o comido menos de lo habitual, pero que hablaba con desbordante fluidez seducido por el alcohol, narró una historia que aunque parecía inverosímil juraba por su madre que era cierta, decía que cuando murió su padre él tenia ocho años, se había subido a un cocotero por que Chang le había dicho que tenía sed, y el padre se desplomó partiéndose todos los huesos, Chang se quedó inmóvil ante el cadáver y solo empezó a lloriquear cuando advirtió que no había arrancado ningún coco. En los días sucesivos durante un tiempo, se le aparecía su padre cada noche a los pies de la cama con un coco partido para que se bebiese el agua, Chang obedecía confundido entre temor y incredulidad, y por las mañanas intentaba explicárselo a su madre, pero ésta lo achacaba a las alucinaciones propias de la desnutrición, le seguía la corriente con voz apesadumbrada y procuraba que el niño no refiriese estos hechos fuera de la chabola, pues los tacharían de locos, hasta que un día encontró la madre la pila de cascaras de coco que yacían bajo el camastro, y desde entonces cesaron las apariciones.

En el ala oeste, que hasta el momento no se habían profundizado las excavaciones en igual medida que la cara sur y el ala este, aunque tenía una lógica explicación, pues fue en la cara sur donde se encontró la primera prueba, y fue a partir de allí que se iniciaron las prospecciones, a más el ala oeste coincidía con un claro del bosque no muy ameno para exponer la desnudez de la espalda durante muchas horas, pues el sol que es fuente de vida, se convierte en estas latitudes del trópico en una temerosa bola de fuego en que puede sucumbir cualquier incauto que se exponga a sus rayos en exceso, para lo cual hubo que utilizar el ingenio y obstruir en lo posible el paso de este, se construyó una red con cuerdas, lianas, cañizos, manojos de junco y hojas de banano, todo era poco para protegerse del sol que coincidía su meridiano con aquel descampado, pero urgía profundizar un par de metros aquel sector, aunque fuera una zanja paralela a la pared, para mantener el equilibrio y evitar un corrimiento de tierra, que podrían dar al traste con las paredes y las columnas descubiertas. Allí la tierra estaba bien sentada y compacta, la capa freática humedecida por las tormentas de días anteriores fue menos angustiosa, pero a partir de los veinte centímetros hubo que emplear los brazos para mover la compactación, fueron días en que el tedio se adueñaba de Gnú y Meu, no podían avanzar y estaban lo más alejado de los barracones, por lo que Juan no cesaba de visitarles controlando que no se desmoronaran. A partir de un metro la tierra cambiaba, el color rojizo de aluvión adquiría un tono negruzco como si hubiese sido quemada, o como si se tratara de tierra volcánica, pequeñas rocas calcinadas aparecían entremezcladas como secreciones de lava. Gnú dijo: Aquí debían asar los dinosaurios. Lo decía entre incrédulo y convencido, pues no sabía en que época habían habitado aquella fortaleza, ni en que época desaparecieron los grandes saurios de la faz de la tierra, pero para él todo formaba parte del pasado remoto.

No había vestigios arqueológicos pero el color diferente de la tierra los tenía intrigados, la tierra negra podía descifrar el enigma de la destrucción de aquella fortaleza, o podía ser una circunstancia intrascendente, podía haber sido el testimonio mudo de una erupción volcánica, o tierra calcinada para los menesteres de sus antiguos moradores, pero para averiguarlo había que seguir con la monótona tarea de levantar y sacar espuertas de tierra.

No hay que desesperar, decía monsieur Doupond en sus escasas visitas, hay que ser paciente si se tiene un propósito ambicioso, todos los grandes inventos y descubrimientos de la historia, se han llevado a cabo gracias a la constancia y el empeño abnegado de sus sabios y descubridores. Fíjese usted, le decía a Juan, su memorada Sagrada Familia se empezó hace un siglo y todavía no han concluido los sueños del ingenioso Gaudí, pero el mundo entero ya ha reconocido que es una de las obras más bellas y ambiciosas de los últimos cien años; y Newton pasó toda su vida para decirnos porqué cae una manzana al suelo cuando se desprende del árbol.

Monsieur Doupond había tenido una cena en privado con el gobernador de Loei, un joven coronel que ambicionaba el poder, la riqueza y el generalato, le había ofrecido participarle con los beneficios y honores del descubrimiento, a cambio de impedir que sus fuerzas de seguridad irrumpieran en las excavaciones, y a la vez se las ingeniara para que impidieran trafico trashumante por aquella zona algo remota y olvidada, la experiencia le había demostrado que era más factible tratar de negocios con personas ambiciosas, que con idealistas y aposentados, y no andarse por las ramas pues según decía, la política es una encrucijada de parásitos que todos quieren chupar hasta que no llegas a la raíz.

Monsieur Doupond tenía muy fortalecido su criterio sobre la política y los políticos, había conocido diferentes gobiernos y gobernantes, alcaldes y representantes de toda la escala militar, y decía que todos se podían comprar, solo hace falta saber el precio exacto de cada uno y el momento preciso en que puedes hacer la oferta, hay que utilizarlos lo menos posible, nunca demostrarles que son imprescindibles y que una situación es extrema, tienen que sentirse halagados cuando se les llama, y nunca mostrar que vas a pedir sino a ofrecer. Y decía: Si se les paga excesivamente, creen tener más importancia de la real y puede perjudicar relaciones posteriores, si por el contrario se les paga poco creen que los estas infravalorando y pueden tomar represalias alegando intento de soborno; si los utilizas en demasía, acaban por utilizarte a ti para sus propósitos; y si no los utilizas nunca, creen que eres un opositor y puedes perjudicar sus intereses. Por eso siempre decía, hay que estar bien con el poder pero sin mezclarse.

Una mañana que no correspondía llegó la furgoneta de los víveres, sorprendió a todos el ronroneo del motor de gasoil avanzando por el camino, era un ruido familiar pero que no esperaban hasta el día siguiente, se apreciaba en el interior del vehículo la silueta de otra persona aparte del conductor particular de monsieur Doupond, Juan bajó al rellano de las edificaciones, ignoraba el motivo de la visita inesperada y quien era la segunda persona que ocupaba el peculiar Bongo, tan exhausto de reparaciones como fiel en su acometido; era el hijo de monsieur Doupond, Ling ahora sin túnica amarilla de monje, iba con tejanos y suéter de algodón a rayas, hasta que Juan no tubo el vehículo encima no percibió que el joven fuera el hijo de su mecenas, que además de la diferencia en la vestimenta ya le había crecido el pelo, llevaba un somier con patas, un colchón las sabanas de la cama y su correspondiente mosquitero, esto indicaba que su intención era quedarse, llevaba libros, cuadernos de dibujo, reglas compases escuadras y un sofisticado aparejo de cálculos topográficos, su padre le había advertido que se comportara como uno más de la cuadrilla, y aunque no hiciera el trabajo físico del movimiento de tierras, que obedeciera respetuosamente las ordenes que Juan impartiera; era un joven obediente y agradecido, afable en el trato y respetuoso con todos sus compañeros, aunque con la piel más pigmentada y pequeños rasgos faciales era la imagen exacta de monsieur Doupond, su madre era laosiana, y había fallecido siendo él muy pequeño por las fiebres palúdicas, desde entonces su padre le dio toda protección y lo educó en los mejores colegios aunque no estuviera casado con su progenitora.

El joven Ling "mono", se ofreció en encargarse del ganado, que ya eran veintitrés las reses a alimentar, pues tres habían criado, la clasificación de los objetos hallados y la reconstrucción de las piezas de cerámica y barro que acudiesen al almacén, clasificar las astillas que Ngen encontraba en el cedazo al cribar la tierra, y anotar todos los pormenores que acaeciesen, Ling se mostraba excesivamente voluntarioso en sus menesteres, pero Juan no podía consentir que se encargase del pesebre de los búfalos, pues Ngen lo atendía correctamente y Ling desconocía completamente el trato con los rumiantes, que siempre andan recelosos de los extraños. Por las noches permanecía hasta avanzada la madrugada leyendo libros de historia y tratados de filosofía, o se sentaba sobre sus propias piernas y pasaba varias horas en absoluta meditación, no cabría duda que la etapa religiosa había influido en su comportamiento, pero por la mañana era el primero en levantarse y recoger su cama como si hubiese estado durmiendo desde la puesta del sol.

El fruto carnoso de la papaya es bueno desde que adquiere forma, lo único que cuando es verde hay que comerlo recién picado en finas virutas antes de que fermente, pues luego produce indigestión, y cuando está madura no hay que esperar que se descomponga o desprenda de la planta. Sin intención ni cuidados las papayas habían crecido por todas partes alrededor de las construcciones de madera, y Ngen que seguía siendo el ranchero, no daba abasto a ponerlas en sus guisos ni a presentarlas como postre, el chofer de monsieur Doupond se había llevado algún cesto en repetidas ocasiones, pero habían tantas plantas y tan agradecidas, que ni comiendo exclusivamente aquel fruto hubieran conseguido terminarlas, además todas las semillas arrojadas se convertían rápidamente en plantas trepidantes convirtiendo el lugar en un frondoso huerto de papayas. Como no se podía pretender que los hombres comieran exclusivamente de aquellos frutos, mientras otras provisiones más suculentas se estropeaban en la dispensa, se decidió racionárselas al ganado tal como madurasen, por que de lo contrario hubiera sido como el capitán de un buque que por salvar un bote hubiese perdido la nave. Pero las papayas habían formado una pared vegetal a la caída de los caños y canales del cobertizo y frente al porche, que hacían impenetrables los rayos de sol, y por la penumbra de la pared vegetal traspasaba una corriente de aire, que aliviaba el calor e invitaba a pasar allí la noche. Meu fue el primero que con su habilidad en construir y remendar redes, se fabricó una hamaca y la colgó de los listones de la marquesina de madera; y los demás siguieron su ejemplo encargándolas hechas al conductor de la furgoneta, así que todos compartían el porche con sus hamacas hasta que la brisa fresca de la medianoche les recluía a sus aposentos. Allí fumaban, bebían y narraban aventuras y historias de su pasado; el interés por hallar algo sorprendente en las excavaciones se había generalizado, ya no reinaba la desidia en los hombres como al principio, en que hacían su trabajo como una rutina motivada por el sueldo, ya eran conscientes de la importancia en lo que estaban haciendo, como se habían despejado también los recelos que en principio tenían los unos con los otros, ya se mostraban más abiertos en las conversaciones y con espíritu de mutua camaradería, la distancia que Juan marcó al principio por su condición de encargado, se fue reblandeciendo y ofreciéndoles más confianza que motivara el acercamiento, pues siendo extranjero no estaban dispuestos al principio en abrirle sus pensamientos, pero consiguió que guardándole el respeto como director que era en aquella obra lo trataran como uno más del equipo. En una de aquellas noches que la brisa del anochecer incitaba a residir en el porche, y ahuyentaba los mosquitos menos feroces y atrevidos, el viejo Gnú se destapó el bozal impuesto desde que naciera y contó un capitulo escalofriante de su vida.

Gnú había nacido y crecido en una aldea a orillas del río Kok al norte de Chiang Rai, y fue uno de los dos gemelos que su madre tuvo en el primer y único parto, su hermano que solo sobrevivió un mes, se alimentaba en el pecho derecho de la madre y él en el izquierdo para así reconocer las identidades, pero una serpiente usurpaba cada noche el pecho que le correspondía al hermano, ofreciéndole a éste la cola para calmar su llanto; el hermano quedaba raquítico mientras él engordaba, pero la madre nunca pensó con la astucia del reptil, solo veía su pecho vacío y fláccido y confiaba que su hermano había comido, acusándolo a una solitaria que intentaba combatir con purgantes, hasta que el hermano murió y la madre pudo observar por la noche que seguía amamantando dos seres, luego enloqueció, y solo le obsesionaba la idea de matar culebras hasta que una cobra acabó con su vida. Andaba repitiendo que había criado culebras y Gnú fue el nombre que obtuvo para toda su existencia, creció con los abuelos por que el padre también se había esfumado temeroso de las desgracias, y aunque nunca fue a la escuela le enseñaron cuanto debía saber para sobrevivir en el monte, pero le había perseguido la obsesión durante toda su vida que su madre dijera que era una serpiente.

Chang a resultas de este relato no pudo dormir en toda la noche, cuando cerraba los ojos veía serpientes por todas partes; y Yung dijo que no probaría más en su vida carne de culebra. Ling que había seguido el relato sin prestar excesiva atención señaló: La voluntad divina se puede manifestar a través de todas las formas, en aquel momento fue deseo de los espíritus que nos protegen, que solo uno de los dos hermanos, en este caso el que se había introducido el espíritu más fuerte viviera, porque el espíritu que se reencarnó en el hermano era más débil y menos trascendente, y solo uno de los dos podía ocupar el espacio que le correspondía en aquel momento.

Los días se sucedían con lentitud pavorosa, nadie prestaba excesiva atención al día de la semana o del mes, solo cuando alguien hacía recuento o Ling mudaba la hoja del calendario, aunque cayera un chaparrón de vez en cuando, y algún día amaneciera nublado, el calor era sofocante cuando se despejaba el cielo, el trabajo se ralentizaba, y aunque nunca pudo decirse que la arqueología fuera aburrida provocaba un estado de letargo, que convertía la rutina en un esfuerzo extraordinario provocado por el calor reinante, se precisaban dosis de voluntad para no dejarse arrastrar por la desidia, en cada palmo que se profundizaba la tierra estaba más tupida y el trabajo era más entretenido, Juan pensaba que todos los relicarios ya habían sido descubiertos en la pira funeraria, y que todo el tesoro consistía en aquello, los restos que afloraban eran de barro o hierro carcomido por el óxido, y las piedras labradas aunque tuvieran cierto valor arqueológico carecían de valor material con que poderse beneficiar, pero monsieur Doupond no daba ninguna muestra de preocupación, si no al contrario decía que debía hacerse el trabajo a conciencia procurando dañar lo menos posible los hallazgos, palabras que a Juan lo tranquilizaban, pues pensaba que si su mecenas seguía manteniendo aquel gasto, era por que creía en obtener beneficios. Ling copiaba los jeroglíficos y caracteres ignotos de las columnas y paredes, tomaba apuntes y clasificaba el pequeño almacén acumulando alfarería arcaica, Chang y Yung

116

iban extrayendo finas capas de tierra de la sala principal y el oráculo con paletas de albañil y picotas, Gnú y Meu extraían espuertas de tierra del ala oeste, Ngen cribaba la tierra con un cedazo circular y apartaba todas las solideces que encontraba, cuando terminaba con las tareas propias de la comida la limpieza y el cuidado de los búfalos y canes, y Juan debía supervisarlos a todos, ayudaba donde hacía falta y acudía donde lo llamaban, una sugerencia, un hallazgo, una intuición, o simplemente un cambio de impresiones para reducir la monotonía.

En política todo es falso, le había dicho en cierta ocasión, su maestro amigo y profeta menor Alejandro Casas, los políticos son marionetas manejadas por el poder del capital, que a la vez utilizan al pueblo como peones en un tablero de ajedrez, no existen derechas e izquierdas como la gente cree, existe una clase privilegiada que tiene el capital, y otra clase también privilegiada que persigue el poder político, y jugando con la alternancia de los que quieren hacerse con él, el capital los sube o los baja según sus conveniencias, al igual que las dictaduras y las democracias, la dictadura es un sistema de gobernar para hacerse con el poder del capital, y la democracia es la lucha por el poder político para estar al lado del capital, pero siempre el poder reside en el capital, la iglesia católica no tuvo protección hasta que no se unió al poder político, y no tuvo poder hasta que se hizo con el capital, no consiguió pasar del martirio y la persecución de los primeros cristianos hasta que se adhirió a los poderes establecidos, y los ejércitos del mundo a través de la historia siempre han estado al lado del poder político y del capital, o enfrentados a este para hacerse con él.

Los hombres que ejercen las funciones públicas, son protegidos por el poder mientras son útiles a sus beneficios, pero cuando dejan de serlo se les aparta de la manera más incongruente y dispar en la oscuridad del olvido.

Juan pensaba muchas veces en Alejandro Casas, había muerto a los setenta y cinco años ante el olvido de todos, los hombres calificados de derechas que habían sido fieles al legado franquista, decían de él que era un comunista, y las elites progresistas o adheridas a partidos de izquierda lo consideraban un reaccionario; había malvivido los últimos años gracias a una pequeña pensión del estado francés, por los catorce años que estuvo trabajando en el país vecino mientras duró su exilio, acabó magisterio el primer año de la guerra civil, y tuvo que incorporarse a filas sin ejercer su profesión, sus estudios le valieron durante la contienda acceder al cargo de alférez y ya en la retirada el ascenso a teniente, que incluso apareció publicado en el boletín oficial, pero al Ministerio del Interior les estaba costando demasiado tiempo revisar la documentación y asignarle la pensión prometida por sus servicios como oficial de la República. Cultivaba un pequeño huerto y comía de él, y en los últimos días del mes ya no podía acercarse a ninguna carnicería, escribió sus memorias de guerra y exilio y las paseó por varias editoriales, que le recibían con frases esperanzadoras pero que volvía con el fajo de papeles mecanografiados bajo el brazo, hasta que un día desesperado por su vergonzosa insistencia los arrojó al fuego, desistió de publicar nada y se recluyó el la lectura de los grandes clásicos, había intentado dar clases particulares pero las autoridades del antiguo régimen se lo impidieron, y tuvo que resignarse en cultivar sus tomates sus lechugas y sus judías, hablaba del mundo y sus cosas con un análisis muy particular de lo extraído de los libros y de sus vivencias, pero no guardaba rencor ni ansias de revancha, sin darle importancia a sus estrecheces ni a la austeridad que ya había asumido, como una circunstancia derivada del destino. Alejandro Casas murió solo, sin la compañía de amigos ni familiares tan necesarios en el ocaso de una persona, murió con sus libros sus poemas y sus filosofías, pero dejó claro una cosa ante los que le conocieron, que tanto la República como la dictadura o la democracia habían sido injustas con él.

En Tailandia existe una monarquía venerada por todos los tailandeses, no existe edificio oficial o casa particular que no esté presidida por una imagen del rey o la familia real; Su Majestad el Rey y la familia real velan por el bienestar de su pueblo, esta es la divisa con que definen los tailandeses a sus monarcas, a la vez que le adoran cualquiera que sea su ideología política en que Su Majestad el Rey no se inmiscuye, y cualquiera que sea su condición económica, étnica o afinidad religiosa; existe un ejercito que al igual que todos vela por la seguridad del estado, pero a la vez ejerce un peso determinante sobre el poder político. Juan había asistido a uno de estos manifiestos internos del poder del ejército, lo que en occidente se llamaría un golpe de estado, fue un sábado, y la plebe advirtió el suceso porqué todos los canales de televisión estaban colapsados con la bandera y el himno nacional, era molestoso ver durante tantas horas la misma imagen y la misma música en el televisor, porqué es el entretenimiento predilecto de la época moderna, además los niños al ser fin de semana estaban sin colegio y a las madres les costaba más retenerlos en casa, y los mayores disfrutaban de su descanso semanal y no pudieron relajarse contemplando su espectáculo favorito de Muang-tai, ni ver las películas anunciadas para la sobremesa; y mientras en la capital se cocían las habas, en provincias la gente solo molesta por no ver los seriales decía sencillamente, esto son generales que tenían tres estrellas que ahora tendrán cuatro, sin darle a la cuestión la menor importancia, sin alborotos ni trascendencia en los pueblos, y sin discusiones entre la gente de a pié. El estado mayor constituido destituyó al primer ministro y lo recluyó en su casa, pero en una semana se instauró un nuevo gabinete civil, y la plana mayor del ejercito que había ocasionado el golpe militar lo presentó a Su Majestad el Rey para que diera su bendición, y la vida del pueblo continuó igual que antes, algunos cambios en la clase dirigente que siempre es la privilegiada, y en la masa obrera el mismo sentimiento hacía sus gobernantes, hacía sus jefes y hacía su trabajo, por que ellos sabían que un cambio en las clases dirigentes no afectaría en absoluto sus vidas, como no afectó en absoluto los trabajos en las excavaciones, que seguían su proceso delicado y minucioso.

Las piezas de alfarería eran numerosas, se habían reconstruido vasijas adornadas con dibujos de figuras humanas y filigranas de flores ornamentales, jarrones con pájaros vistosos y pavos reales con el plumaje extendido, habían ollas simplemente adornadas con líneas ondulares en su círculo, habían platos y bandejas de porcelana con frescos románticos o galantes, con damas coronadas y guerreros armados, habían tinajas de gran volumen que debieron contener las reservas de agua, construidas con arcilla roja y rayas simples con tintura negra, todos los colores estaban representados básicamente por los ocres ligados a las diferentes temperaturas de cocción, y el rojo negro y azul, con sus tonos derivados de la disolución de los sólidos colorantes, así unos aparecían con azul marino y otros con celeste, unos con rosado y otros agranatados, y los grises por los negros diluidos, los restos oxidados de lo que fueron sólidos hierros bien forjados, representaban puntas de lanza de cuarenta centímetros aproximadamente que al asirlos reducían su tamaño longitudinal, como si la podredumbre hubiera finalizado ya su proceso de descomposición, dagas y espadas cuya empuñadura de madera se había perdido entre la humedad y la carcoma, era evidente pues que los utensilios y armas fabricados con hierro resultaban irreconocibles y irreconstruibles, por lo que se convirtieron en un amasijo de escamas de óxido que ordenadas ocupaban varias cajas, solo unas figuritas labradas en bronce habían mantenido su estado original, eran un guerrero ataviado con peto y faldar, con su arco en la izquierda y el haz de flechas cruzándole la espalda, en su mano derecha sostenía una lanza que rebasaba la altura de su cabeza, se apreciaba una ligera barba y sobre su cabeza una corona cúbica que contenía sus cabellos en un moño, la otra figura era una fémina con larga túnica hasta los pies, una daga curvada en el cinto y brazaletes en ambas extremidades, y sobre su testa esbelta por sus formas bien labradas se apreciaba una corona o diadema de la que emanaba una larga cabellera, y en las manos sostenía un hacha y una calavera humana.

Los reductos cóncavos que debieron quedar al pudrirse las partes leñosas de los edificios, se habían convertido en menudas hebras vegetales fosilizadas y diseminadas por todas partes al tomar la tierra asiento con su peso, solo un estudio microscópico y minuciosamente costoso hubiera detallado la variedad y las medidas de las vigas utilizadas en la construcción, hubiese sido aventurado y sin fundamento dar un veredicto dictado por la imaginación, pero tampoco era muy trascendente, sabían las medidas de las paredes su grosor y su altura, las divisiones del recinto estaban aproximadamente deducidas, así la dimensión de la fortaleza y la envergadura de los muros laterales, solo alcanzando los tres metros y medio desde la cúspide rocosa se podía asimilar la base sólida de las plantas, quedaba por lo tanto solo un metro de finas capas por remover antes de llegar al piso en la parte frontal.

Estos países del sudeste asiático, tienen su estación seca y su estación de lluvias o monzónica, los monzónes de verano son un viento cálido y húmedo a la vez, cuando sube la presión del océano y baja en tierra firme, al chocar las presiones barométricas provocan aguaceros casi continuados, así que las tormentas y los chubascos eran perennes, y cuando amanecía un día claro había que avanzar las tareas, que se habían convertido en la extracción de barro pegajoso en la zona de la tierra calcinada, los pies descalzos quedaban entumecidos, pero era la forma más practica de andar aprovechando el horario matutino, a media tarde volvía nuevamente a cubrirse el cielo y llegaba la borrasca precedida por un molesto vendaval, la distancia de la costa impedía al monzón que descargara con todas sus fuerzas, pero no le privaba de arrancar algún árbol, llevarse planchas del cobertizo o hacer tambalear el edificio con un temblor amenazante y terrorífico, a partir de media noche el cielo volvía a aparecer claro y estrellado con una ligera brisa agradable para conciliar el sueño, pero a la tarde siguiente y a la misma hora volvían las nubes amenazadoras.

Una tarde de aquellas en que la tormenta obligaba a recogerse bajo cubierto, y contemplar en cuclillas como el agua arrastraba a su paso todo lo que podía por surcos y canales que se había abierto, el joven Ngen los regaló con una curiosa historia: En su pueblo natal cerca de Kong Ken, donde todos los niños tenían lombrices intestinales por comer carne cruda, y los hombres mayores se tragan una salamanquesa viva cada vez que tienen ardores o resaca de borrachera, se instaló en cierta ocasión una carpa de circo en una plazuela céntrica, todo hacía prever que habría espectáculo, para regocijo de los más pequeños y distracción de los mayores, habían luces de colores y marañas de papel coloreado, había una taquilla donde se expedían las entradas, y un cartel que decía "Solo para mayores o personas casadas", lo raro era que no habían animales como en otras ocasiones, no habían elefantes, ni jaulas con monos ni caimanes, los hombres y alguna mujer avanzaban en la fila muy lentamente, y a los diez minutos aparecían por la otra puerta de la carpa, los niños intentábamos colarnos por debajo de la lona decía Ngen ofuscado por la novedad, pero los guardias nos tenían estrechamente vigilados, era decepcionante no poder ver el espectáculo ni sabíamos de que se trataba, pues no había ningún cartel que lo anunciase ni los mayores que salían del recinto referían nada a los chiquillos, uno de los amigos Teng "pepino" que aparentaba más edad de la que tenía, se puso en la fila y logró pasar pagando sus cinco bhats, Teng además de alto tenía el bello del bigote sombreado y daba la sensación de ser un chico mayor, por lo que accedió al entoldado bajo la mirada dudosa del portero, a la salida apareció aturdido y sonrojado, tenía los colores de la vergüenza reflejados en el rostro, con enormes ganas de liberarse del tumulto y el deseo de narrar con énfasis lo que había visto; los hombres avanzaban con lentitud por un pasillo, al llegar a una habitación había una mujer opulenta desnuda y acostada en una cama y con las piernas abiertas hacia el pasillo, y un hombre con atuendos de director de circo hombreras y chistera incluidos, se encargaba de señalar y repetir que en aquellos pliegues de carne, que separaba con ambas manos para que los concurrentes pudieran observar aquella cavidad rosada, había una vejiga de veinticinco centímetros de diámetro, si alguien quería comprobar que no había trampa ni material sintético alguno podía acercarse un poco más, pero sin tocar a la mujer que yacía como un hipopótamo patas arriba, con los pliegues de carne que le desprendían de las glándulas mamarias y abdomen ocupando enteramente el camastro, Teng permaneció el tiempo que le correspondía entre atónito y asustado, hasta que pudo verse libre del repugnante espectáculo, luego dijeron que la mujer pesaba doscientos veinte kilos, que había tenido catorce hijos de los cuales solo dos vivían, su marido advirtiendo la envergadura que adquiría aquel cuerpo se fue de casa, y ella encontró una forma relativamente cómoda de ganarse el sustento, la carpa y todo el material pertenecían al empresario del circo, que a la vez se encargaba de las explicaciones sobre las dimensiones de la enorme cavidad que podía engullir melones y cocos enteros.

El relato detallado de Ngen abrió el apetito sexual de Meu, que se había restablecido de la fugaz aventura de la pensión, este tipo de relatos picarescos disuadían muchos desánimos, hasta Ling sonreía con ellos desde su trono cultural, del que no hacía nunca alusión ni daba muestras de vanidad, pues había aprendido a convivir con las pequeñeces mundanas, y los relatos por grotescos que fueran no le producían pavor alguno.

Las gruesas paredes de los muros contenían la presión de la tierra del exterior, pero con tanta agua caída la tierra parecía lodo viscoso, y no se podían arriesgar que por negligencia se corrieran las paredes o se derrumbaran los muros, que habían mantenido su verticalidad durante siglos aparentemente inalterada.

Con tablones, cañas formando ballesta y troncos recios, se reforzaron las paredes por las partes que aparentaban más endebles, y donde los montículos estaban más pronunciados que la presión era mayor. Ahora las capas de tierra se movían con más facilidad, no había que emplear picos ni azadones para levantarla, solo rascando con la paleta se desprendía la capa húmeda, y se avanzaba a más velocidad aunque con menor recato, hasta conseguir el suelo de la cara sur donde el trabajo iba más adelantado, y sorprendentemente toparon con un piso de mosaico, era la sala capitular donde se erigía la imagen de Buda sentada en posición de meditación que Chang descubriera hacía unos meses, las piezas de mosaico eran cuadradas con exactas medidas de treinta y ocho centímetros de lado cada una, pintadas en tono amarillento con trazos y líneas simétricas en los bordes formando una orla azulada, cada conjunto de cuatro mosaicos completaba un ramillete de orquídeas y flores de loto, con tonos rojos y violáceos apagados dibujando minuciosamente los pétalos estambres y hojas, y remarcando los bordes en negro formando un pequeño relieve, como si el tinte hubiese sido mezclado con arenilla o hubiese bufado la pintura durante el proceso de cocción, no había duda que el descubrimiento era importante para el conjunto histórico, como también lo era para determinar el piso del recinto, para despejar dudas albergadas sobre la utilidad de los habitáculos, sobre las características que imperaron en la fortaleza, y sobretodo en el potencial económico y humano en que fue concebida, no cabia la menor duda de que se trataba de un palacio, que tuvo su época floreciente y esplendorosa y que sus dignatarios poseían fortuna y poder, y que moraban mancebos artesanos y guerreros, y posiblemente las moradas del contorno pertenecientes a los súbditos, se habían diluido con los años entre las zonas pantanosas después convertidas en arrozales, y que solo persistió al tiempo aunque enterrada la fortaleza izada sobre el montículo.

Chang había hallado su trabajo ideal, limpiar con una esponja húmeda la superficie del mosaico, era labor lenta y minuciosa acorde con su temperamento, podía depositar sus obesas posaderas sobre el suelo húmedo y frotar las briznas solidificadas de tierra, no se podía arrancar ninguna de las baldosas hasta tener completamente limpia la sala, pues las aristas de corte perfecto no presentaban fisura alguna en que clavar una escarpia, y cortar una pieza no era procedente pues hubiese roto la estética del conjunto.

Los metros cúbicos de tierra representaban un engorro intransitable, la cercanía en que se habían depositado los montículos formando una cordillera en el entorno eran motivo de preocupación, pues con las lluvias se desmoronaban y retrocedían a las cavidades vacías, hubo que proceder al rebaje de los montones sobrepuestos, para que estos no interfirieran el avance ni provocaran un hundimiento, pues aun que estuvieran los muros reforzados con los artilugios rudimentarios de madera y caña, el peso contenido por la sobrecarga era superior a las previsiones de refuerzo, y podía reventar por cualquier fisura, aunque pareciera repetir el trabajo con el movimiento de tierras, era cuestión imprescindible que no permitía demoras, pues los daños hubiesen sido mayores si las paredes hubiesen cedido. Un medallón de oro de ocho centímetros de diámetro apareció junto unos restos óseos fósiles, definidos por el color blanquecino de la cal entre la tierra roja, la medalla cubierta de óxido verdoso presentaba en relieve la figura de un águila de tres cabezas con sus alas abiertas, y en el dorso unos caracteres alfabéticos del mismo trazo que los de la tablilla funeraria adquirida por monsieur Doupond hacía casi dos años, Yung se alegró en descubrir algo que rompiera con la rutina de extraer capas húmedas de tierra, y poder despistarse una hora para contemplar la reliquia hallada y sacar sus conjeturas, que aunque fueran profanos en antigüedades el oro deslumbra a todo el mundo, Gnú y Meu se habían adherido al júbilo dando descanso a sus brazos y enderezando sus espaldas, pues procedían a las tareas más duras, y aunque no les aprestaba nadie eran merecedores de cualquier relajamiento.

CAPITULO 6
LAS EXCAVACIONES

Juan Marrasé, había conocido personas relevantes de la política española, y personajes importantes en la vida pública catalana, con los que se había codeado en diversas ocasiones, hubo un tiempo en que sentía admiración por aquellos personajes encumbrados que ahora le parecían espectros del pasado, había soñado muchas veces con el prestigio político, y muchas más se había desengañado por las marañas en la lucha interna de los partidos, cuando el Muy Honorable Josep Tarradellas lo mencionó para que éste formara parte de su gabinete asesor, se le abrieron las esperanzas de forjar una carrera política avalada por su conducta ideológica, pero el poder político residía en las elites de los partidos, en los comités centrales y en los secretariados generales, y estos a la vez residían en la capital donde se movían todos los hilos de la tela de araña, Juan pertenecía a otro entorno, era un iluso idealista de provincias, un pueblerino que solo lo movía la voz de la razón, de su razón, que no era precisamente la razón de las elites de ciudad. Juan tuvo en aquella época una corta pero estrecha relación con Dionisio Armengol, el que fuera comisario político de las fuerzas republicanas en el frente de Teruel, el que fuera último alcalde de su pueblo natal por designio del Comité de Defensa, el que fuera cabeza visible del socialismo en la zona, el que materializó el embargo de fincas y su posterior colectivización, el que fuera responsable de intendencia en la guarnición de Belchite.

Dionisio Armengol se había establecido en Lectoure, un pueblecito del departamento de Gers al noroeste francés, y dirigido algunas incursiones en la parte occidental de los Pirineos junto a otros disidentes refugiados en la Gasconia, y durante algunos años se le consideró uno de los maquis peligrosos por su forma de burlar las patrullas de la guardia civil, y por el método arriesgado que tenían él y su pelotón de seguidores, cuando bajaban las laderas pirenaicas en busca de habituallamiénto por caseríos y pueblos diminutos, alejados de destacamentos de los vigías fronterizos, hasta que desistió por el acoso de las patrullas, la no proliferación de resultados por falta de apoyo exterior, y el asiento del nuevo régimen como un orden establecido, tomó parte activa en la resistencia francesa, y se supo integrar a su forma de vida y sus costumbres haciendo más llevadero su exilio, sin perder el contacto con sus compañeros de filas supo rehacer su vida con dignidad, supo crear nuevas amistades y participar en los menesteres de su nuevo entorno, el éxodo se convirtió en un destierro interminable, y él añoraba su terruño, su pueblo y las gentes que le habían visto nacer y crecer, añoraba sus viejas amistades que habían compartido los juegos infantiles y las penurias de la juventud frustrada, en Francia tenía todo cuanto necesitaba, una familia que le quería, unas tierras en que trabajar, unos amigos complacientes y un prestigio que no podía eludir; pero soñaba con algún día poder volver a pisar aquel trocito de Cataluña, aquel pedazo insignificante de España que ni siquiera figura en los mapas, para reencontrarse con su pasado y su historia.

Dionisio Armengol logró volver al punto de donde había partido en diciembre del setenta y dos, era una sombra que el mundo había olvidado, nadie lo recordaba ya, algunos los menos habían oído su nombre cuando se relataban hechos de guerra, su único hermano había fallecido durante la construcción del Valle de los Caídos, y los sobrinos vendieron casa y tierras y se establecieron en Barcelona, pero nunca nadie le había escrito ni mandado seña alguna de sus nuevos paraderos, se sintió como un fantasma solitario que deambulaba por las calles, mientras el frío arreciaba y las casas del pueblo regocijaban de alegrías navideñas, él transitaba aturdido e ignorado, hasta el cementerio estaba cambiado, en el camposanto donde se izaran cruces de hierro a la sombra de los cipreses, se erigían filas de nichos y panteones de mármol blanco y jaspeado, el sepulturero, un hombre de su misma edad aproximadamente, fue el único que dijo reconocerle, no sin advertir lo mucho que habían cambiado, habían compartido el cabildo tras las elecciones del treinta y cuatro, aunque este último por la candidatura de la Liga Regionalista. Ramón Morales, como se llamaba el fosero, lo acompañó al sepulcro de su hermano y al nicho donde habían sido trasladados los restos de sus padres después de la reforma, y se despidieron con una sonrisa obligada sin reproches ni halagos. Durante aquellos días Dionisio Armengol se sentaba después de comer, en una mesa arrinconada junto una ventana de la sala del café, un local moderno construido sobre los cimientos de lo que había sido su casino predilecto, donde pronunciara sus discursos y enzarzara a sus correligionarios, donde glorificara sus ideales y satirizara a sus adversarios, en aquella mesa solitaria cuando le daba el sol de la tarde, murmuraba soliloquios mientras ojeaba los periódicos, soliloquios que debían analizar que fuerza le había arrastrado a volver sobre sus propios pasos después de treinta y tres años, apartándose aun que fuera temporalmente de su mujer su hija y sus nietos, para encontrarse en la más absurda soledad y la indiferencia de aquellas personas que durante tantos años absurdamente había añorado. Juan se había sentado una tarde a tomar café junto al hombre solitario, llevaba como carta de presentación la referencia de su abuelo que había estado en el campo de concentración de Argèles, y esto le abrió paso al dialogo. Claro que lo conocía, dijo, él estuvo en Estat Català y luego en Esquerra Republicana, era de la quinta más vieja, la del dieciséis, que los llamábamos la quinta del saco, porque todos iban con el saco a cuestas como si fueran a trabajar al campo en vez de hacer fortificaciones y trincheras. Durante los días que estuvo Dionisio Armengol en el pueblo, Juan se embriagó de sabiduría y conocimientos de lo que acaeció en la zona durante la contienda, desde la óptica de aquel viejo militante del PSUC.

El viejo, misterioso, callado y opulento Gnú, y Ling el hijo de monsieur Doupond, decidieron quedarse como guardianes y al cuidado de los animales, pues no se podía dejar tres días sin atender al rebaño de búfalos, ni olvidar los canes que cumplían su trabajo recelosamente, ni dejar abandonadas durante tres jornadas las excavaciones las herramientas y los enseres, tres días que decidieron suspender las tareas aprovechando un fin de semana largo que coincidía con el cumpleaños de Su Majestad la Reina. Meu volvió a Loei para reencontrarse con sus amistades femeninas de la pensión, Yung cogió un autobús en Loei y se encaminó a ver a su anciana madre y llevarle algo de dinero, pues como la anciana no sabía escribir ignoraba su estado. El joven Ngen dijo que iba a visitar una hermana que vivía en Surin que tenía una tienda, la hermana de Ngen se había casado con un chino cantonés de familia adinerada, y establecieron una joyería cuando se casaron; mientras que Chang decidió acompañar a Juan a Udon Thani ya que este le ofreció hospedaje en su casa aquellas tres noches, en la furgoneta, ocupaba Chang más espacio del que le correspondía, dejaba a Juan aplastado contra la puerta, mientras que el conductor tenía que avisarle cada vez que quería cambiar de marcha, para que moviera su enorme pierna depositada sobre la palanca de cambio, Chang para distraer la atención por el mal viaje que estaba ocasionando su obesidad, trató de hacerse el gracioso con anécdotas y chistes, que los que no producían nauseas por la revelación asquerosa de su contenido, producían escalofríos por lo macabros que eran, y sin complacerle ni Juan ni el chofer con ninguna risa llegaron a la ciudad después de tres horas de viaje. Ya era hora !!. Dejó escapar Juan al verse libre del vehículo y de la presión de aquella mole grasienta.

La casa y el jardín estaban tan cuidados como si Juan no se hubiese ausentado, los helechos, zarzas y las impertinentes plantas trepadoras habían sido arrancadas, los rosales y arboles frutales regados, las margaritas de colores blancas y anaranjadas estaban en plena floración, las orquídeas colgadas en los troncos en cascaras de coco, mostraban sus racimos coloreados violeta y encarnados, se notaba el toque femenino ante tanta pulcritud, algunos objetos estaban cambiados de sitio, y la ropa planchada y colocada en el armario; luego se enteró Juan que la hija del señor Chong había ido todas las semanas a limpiar la casa y cuidar el jardín.

Juan no tenía otra obligación que dar a Chang un colchón y un mosquitero donde alojarse, y la visita inaplazable a su benefactor monsieur Doupond la mañana siguiente, por lo tanto después de ducharse y ataviarse con ropa apropiada, fue a comprar un presente en que cumplimentar la familia del señor Chong. Encontró toda la familia sentada en torno la tarima del porche disponiéndose a cenar, que al verlo aparecer por la puerta de la verja se levantaron todos para saludarle, el señor Chong se mostró complacido por la inesperada visita y las hijas lo saciaron de sonrisas y reverencias, mientras los niños se apresuraban en registrar el embalaje de plástico que éste traía en la mano; Juan le entregó la bolsa a la señora Deng, que depositó su contenido en bandejas ovaladas de aluminio labrado, eran unas galletas de mantequilla compradas en el supermercado que desde Dinamarca distribuyen por todo el mundo, nada especial, pero un regalo siempre es aceptado con inmensa gratitud sea cual fuese su índole o valor, el señor Chong mandó a la más joven de las hijas a por cervezas y obligó a Juan que se quedase a cenar, pues en el fondo era lo que Juan deseaba. Pad entre complacida y ruborizada se sentó a su lado inundándolo de preguntas, mientras sus ojos penetrantes traspasaban las pupilas de Juan, le informó que la dueña de la casa le había ofrecido una llave para que cuidase de ella, pues las casas cerradas acumulan humedad y desidia y son propensas a robos y pillaje, le dijo que estaba deseando verle para referirle cosas que en carta no podía transcribir, mientras el señor Chong iba llenando ambos vasos de cerveza Shinga, agradeciendo el pretexto que había encontrado para entonarse, había caldo con codillos de cerdo remolacha y calabaza, había tortilla con diminutos langostinos de río, habían tiras de carne de búfalo secadas al sol, y estaban los imprescindibles bols de chiles machacados con papaya verde y cangrejo de río en adobo, para acompañar el arroz cocido al vapor.

La señora Deng no hacía más que preguntarle si la comida era de su agrado, pues se notaba su rostro complacido por la presencia de Juan, habían de postre mazorcas de maíz hervidas y cacahuetes de la misma forma pero con agua salada, ambas cosas propicias para eructar y propagar otras ventosidades, Juan estaba deseando quedarse a solas con su enamorada, mientras el señor Chong con sus ojos chispeantes no cesaba de hacerle preguntas sobre los trabajos que estaban realizando, y entre halagos, agradecimientos, sonrisas y miradas insinuantes llegó la hora de retirarse, Juan y Pad acordaron ir al día siguiente al cine, pues era sábado y quería llevarla después a cenar a un restaurante elegante que habían inaugurado cerca de la vivienda de ambos.

Cuando hizo anunciar su visita a monsieur Doupond, la criada le dijo que éste le estaba esperando; era una mansión aunque no excesivamente grande para ser un palacio, si de gusto refinado en todos los detalles, la amplia escalinata que conducía al piso superior incluso la baranda, eran de mármol de Carrara, con vetas verdes olivino y otras amarillo topacio, que producían destellos de las lagrimas de cristal de las enormes lamparas traídas desde Murano, cuadros valiosísimos decoraban las paredes estocadas en blanco cremoso, la fachada, del más puro estilo colonial estaba presidida por cuatro columnas cilíndricas donde descansaba el capitel triangular, en cuyo interior había esculpido un busto de Luis XIV de Francia entre una corona de laureles, la amplia sala para recepciones solemnes estaba pavimentada con lozas del mismo mármol jaspeado que la escalinata, y las figuras que la entornaban representaban las divinidades griegas de Atenéa, Eros, Poseidón, Zeus y Apolo, cortinajes de terciopelo granate cubrían los ventanales como en los palacios de Versalles, y las consolas y jarrones renacentistas cubrían los huecos de los pasillos, daba la impresión en su interior, que el palacete había sido transportado pieza por pieza desde un frío bosque normando, en el gélido interior de la mansión se respiraba el aire de las encinas y los abetos, nada acorde con las construcciones asiáticas, uno se sentía transportado a la Viena de Francisco José y Sissi pero sin risas ni valses celestiales, todo lo contrario había en aquella penumbra de silencio sepulcral un reposo escalofriante.

Monsieur Doupond estaba sentado en su amplio despacho junto la biblioteca, con su uniforme negro cubierto por un albornoz azulado, la palidez de su rostro se incrementaba por la tenue luz amarillenta de la sala y el humo de Gittanes acumulado, nadie hubiera advertido que en aquel reducto se fraguaban operaciones tan importantes, que habían encumbrado a muchos personajes relevantes de la política, y habían menguado al país de valiosísimas obras de arte.

Bonjour monsieur Marrasé, le dijo cuando éste apareció en la puerta conducido por una de las criadas principales, gustaba de hablarle en francés sabiendo que éste le correspondía. Se saludaron con un occidental apretón de manos, y monsieur Doupond le invitó a sentarse en uno de los amplios y cómodos butacones de corte y diseño del gran imperio francés de los Luíses; estuvieron conversando sobre los pormenores de la obra, advirtiendo que los adelantos se sucedían según lo previsto, era una empresa de gran envergadura y no se podían precipitar acontecimientos, había que proceder con mucho tiento, y no dejarse llevar por impulsos acelerados sin estudio previo de que ninguna pieza fuera dañada, nadie sabía a ciencia cierta que motivaba a monsieur Doupond a sufragar los enormes gastos que estaba produciendo desenterrar la ciudadela sepultada, como nadie creía tampoco que hubiese un tesoro que compensase las despensas ocasionadas, pero él era en definitiva quien corría el riesgo gustosamente, y no se debe contradecir a la persona que te paga, como ningún perro muerde la mano que le da de comer.

Después de ver "El último emperador" de Federico Fellini, que Juan ya había visto hacía tiempo en España, pero que en Udon Thani se anunciaba de estreno, fueron a cenar como habían acordado al restaurante nuevo, como todavía había sol las ninfálidas recorrían las flores de los jardines, y las libélulas en su amplia gama de coloridos revoloteaban con diversos neurópteros, por las acequias pobladas de juncales y las charcas cubiertas de amplias hojas de nenúfares, fueron dando un paseo ladeando el canal sombreado por acacias y tamarindos, donde los búfalos yacían restregándose en el lodo negro como hollín, buscando el frescor en aquella última hora de calor crepuscular, allí podían cogerse de la mano y susurrarse frases tiernas de mutuo amor, podían pronunciarse requiebros y hacerse caricias vedadas en público, podían hacerse promesas fantasiosas sin la mirada de ningún testigo, podían comunicarse los sueños mutuos para el futuro, era maravilloso contemplar entre los pasos lentos y el mascullar inexacto, que la expresión de ambas miradas tiernas decían más que sus palabras, no hubiesen deseado que aquel corto trayecto acabase nunca, y parecía que reducían los andares entre los juncos que bordeaban el sendero, para saciarse de halagos y caricias, y emborracharse con sus miradas.

Solo una mesa estaba ya en el jolgorio de los refrigerios, eran varias mesas acopladas para una veintena de comensales que debían celebrar algún evento, las demás restaban vacías, y pudieron escoger una rinconera cerca del escenario alumbrada con la tenue luz de un farolillo, en cuya penumbra podían seguir anunciándose sueños e insinuar deseos a través de sus miradas, ausentes a la juerga y carcajadas de aquella mesa principal, y de las observaciones tendenciosas del servicio que revoloteaba por el entorno.

Ya llevaban media hora en el local cuando se paró la música de fondo que reproducía una cinta de cassette de danza clásica, y tomó el relevo el anunciado organista con tres muchachas vocalistas, que aparecían alternativamente con sus melodías de notas agudas y melosas.

Era un organista semicalvo que le recordaba a Juan su amigo organista del barrio chino barcelonés, "El Gran Rodolfo" como se anunciaba en los carteles, que actuaba los veranos por los garitos de la costa, no sabía solfeo pero tenía un oído magistral para la música, era de la legendaria calle Conde del Asalto y negociaba con instrumentos nuevos y usados por su gran facilidad con el manejo, su familia descendía de Mazarrón donde él conseguía largos contratos en la temporada estival, y sonaba su salsa pachanguera por muchos locales de la Manga del Mar Menor, había sido un gran especialista en sacar contrabando del puerto de Barcelona, por eso disfrutaba de numerosas amistades entre los bazares de la Barceloneta, era tan polifacético como incansable orador y embaucador, y con tal de obtener beneficios camelaba los incautos hasta endosarles cuanto deseaba, aunque luego no pudiera aparecer nuevamente por allí temiendo males mayores, pero él se vanagloriaba con estos timos, y decía que mientras quedara territorio por recorrer no le preocupaba, pues a la vez que sacaba buenos beneficios podía eludir los impuestos, pues estaría mal visto, decía él, que tuviera que pagar a quienes trabajan menos que yo.

Chang, se convirtió aquellos días en el mejor cliente de la cantina más cercana, se tomó la revancha de la abstinencia impuesta en el trabajo, y corroboró su buena fama de bebedor empedernido, el sexo incumbía poco en su temperamento pero se sentía reverente ante una botella de licor, que tragaba con glotonería sin darle tiempo al hielo en enfriar la bebida, solo acudió a dormir durante las tres noches, cuando los dueños del local le anunciaban el cierre, y muy a regañadientes abandonaba el antro tambaleando su opulenta anatomía.

El señor Chong en quien había calado una honda admiración por Juan, era un profundo devoto budista, y practicaba de todas las ceremonias que el culto imponía, hacía las mejores ofrendas de los templos y se consideraba agraciado con la bendición de sus monjes. Sentados el domingo en torno a la mesa del comedor, no pudo más que dirigirse a Juan diciéndole que había advertido las intenciones de este para con su hija, y observar que su hija también le correspondía, que sus escasas referencias no le autorizaban a formular ningún juicio sobre la honradez de sus intenciones, ni sobre su conducta personal, pero hacía tiempo que le obsesionaba una situación que le era insólita en su familia, sabía que Juan profesaba la religión Católica, y se rompía los sesos si ello desvirtuaría la religión que profesaba su hija, y que religión seguirían los hijos de ambos cuando estos los tuviesen. Juan no era ateo, pero tampoco un practicante manifiesto, profesaba la religión Católica por la situación geográfica de su país, que tradicionalmente había confesado la fe en Cristo, pero desde hacía años había subrogado su fe en la religión. Juan respondió calmosamente, meditando el lenguaje entre sorprendido y ruborizado: Si hubiese nacido en Asia seguramente sería budista, o de haber nacido en un país musulmán adoraría el Corán; pero nací en la península Ibérica, que fue uno de los primeros reductos en que se extendió el cristianismo en su etapa de expansión por Europa, y uno de los lugares donde más fuerte arraigó. Juan tenía sus dudas sobre la correcta ejecución de sus funciones de los representantes de Cristo en la tierra, por lo que había leído de diferentes etapas de la historia, pero tampoco se ceñía a las teorías que el Conde de Volnéy refleja en sus Ruinas de Palmira; más bien pensaba que todas las religiones en su expresión filosófica, habían sido escritas o concebidas por personas santas o iluminadas que querían impartir el bien entre su pueblo o sus seguidores, que no existía texto religioso alguno que fuera creado para el mal de sus practicantes, y que el bien y el mal dependía de la interpretación que se diera a los textos y la conducta de sus predicadores. Por lo tanto el señor Nú podía disuadir sus preocupaciones, porque Juan sabría respetar las creencias religiosas del lugar, y se sintió reconfortado con las sensatas explicaciones al respecto.

La última tarde que disponían Juan y Pad, antes de emprender éste otra larga ausencia, mientras se dedicaban frases y miradas cariñosas sentados en sillones de mimbre a la sombra del soportal, se vio interrumpida por la presencia de una mujer del vecindario. La joven abuela de pómulos sobresalientes, desdentada de su mandíbula superior y ojos apagados, que la envejecía excesivamente y le daba una imagen no muy agraciada, venía con su nieta, una chiquilla de siete años con las mismas facciones que la abuela aunque con toda la dentadura, y una cabellera lisa y grasosa como si terminasen de ponerle algún ungüento después de despiojarla, traía una bolsa de tamarindos verdes que se sentó a compartir mojándolos en un bol de chile y soja, mientras les mostraba las fotos que había recibido de su hija, madre de la criatura que le acompañaba, y la carta arrugada y releída en todo el barrio que le hacía rebosar de satisfacción, y dejaba escapar menudencias masticadas entre el hueco de los dientes relatando con énfasis desbordante, que aquel hombre que acompañaba su hija en las fotografías, y que ella no conocía ni había visto nunca, le había prometido llevarla a los Estados Unidos de América, que el hombre aunque fuera mayor que la madre como muy bien se apreciaba en las fotos, tenía una gran mansión reservada para ella y su familia, y un gran coche con chofer particular ataviado de uniforme y gorra de plato, habían criadas negras traídas para el servicio desde Puerto Rico, que la mujer no sabía donde estaba Puerto Rico pero lo de rico le sonaba agradable, que le servirían la comida en vajillas y cuberterías de oro y plata, y que tendría televisor y vídeo en todas las habitaciones, tendría cristalerías traídas de Europa, y le compraría tantos vestidos que podría cambiarse cuatro o cinco veces al día sin necesidad de repetirlos durante varias semanas, y viajarían por todo el mundo en su avioneta particular.

La abuela rebosaba satisfacción mientras narraba, y un hilo de baba le desprendía por la comisura de los labios ante aquel hallazgo de abundancia, se le hacía la boca agua, como se le hiciera posteriormente a la hija, que siguió soñando durante mucho tiempo con aquel hombre, recordando quizás más las promesas que la imagen, esperando el prometido visado y el dinero para el billete de avión, esperando una carta, un telegrama, o que volviera aquel anciano príncipe azul de Texas, con su amplio sombrero de alas anchas propio de los rodeos, camisa floreada y Cartier " made in Taiwan ", para llevársela al paraíso prometido. Así pasaría el tiempo sin desesperar su ingenuidad ni madre ni hija pensando que algún día, podría aparecer él u otro repartidor de fantasías y comprador de su especial compañía, y la hija continuó albergando sueños y complaciendo turistas en Pattaya, aquella maravillosa ciudad creada para todos los placeres, crecida sobre la arenisca del golfo del Siam y convertida en pocos años en un enorme paraíso del relax y el ocio, con majestuosos hoteles y el servicio más sofisticado, con millares de muchachas que pasan su tiempo en bares, cabarets y salones de masajes, esperando que el príncipe de sus sueños se las lleve de allí, con infinidad de deportes náuticos que cubren la bahía y la larguísima playa de arena, bajo la sombreada mirada de las palmeras inclinadas sobre las aguas azules y cristalinas.

Los niños ya jugaban por los charcos, cuando pasaban con la imperecedera e inagotable furgoneta camino del tajo, el sol ya debiera haber aparecido por el horizonte, pero el enmarañado de nubes grises propinaba con una prolongación de la noche, había estado lloviendo incesantemente desde que anocheciera, con ráfagas de viento que hacían tambalear casas y chabolas, los arrozales estaban inundados, y el agua había derrumbado márgenes de tierra arrastrando lo más superfluo a su paso, había arrasado puentes, escarbado hoyos en la carretera y arrancado bloques de alquitrán en los bordes, las cunetas todavía manaban como torrentes amansados, mientras arboles y hierbajos yacían cruzados en la calzada junto la graba y tierras corridas. No había escampado todavía el cielo su fuerza amenazadora, pero un ciclón en horas diurnas se concibe más llevadero y menos terrorífico, y se pueden advertir mejor los peligros del entorno.

La inmortal furgoneta iba esquivando hoyos y saltando pedruscos, serpenteando entre troncos y ramas con el tiento práctico del callado chofer, Chang aunque ya había desayunado su plato de arroz, arenques fritos y costilla de cerdo con mandioca, masticaba ruidosamente su bolsa de marañones que había comprado para el viaje, para seguir teniendo las mandíbulas en activo, fue el único que aprovechó la noche de perros pasada, pues con el pretexto de la tormenta no abandonó el garito hasta la madrugada, que amansaron las ráfagas y aprovecharon el paréntesis para echarlo del local. Juan a buena gana hubiese dormido durante el trayecto, pero el traqueteo de los baches y el peligro que acechaba en cada paso del camino lo tenían absorto, pues pasó la noche en vela con las vibraciones de las planchas del tejado, las ramas del tamarindo que picaban fuertemente contra el cobertizo del porche, y el jardín embalsado que tuvo que abrir canales para desaguarlo antes que se inundara la casa, que Chang con su embriaguez fue de poca ayuda.

En un recodo de la calzada había un autocar inclinado sobre la cuneta, solo había un guardián seguramente de la compañía, que se paseaba por el centro de la carretera advirtiendo a los vehículos que transitaban, tenía los cristales rotos y los visillos de las ventanillas ondeaban con el aire, los pasajeros debían haber sido trasladados durante la noche, pero se advertía que hubieron desgracias por el estado de la chapa y la carrocería; dos kilómetros más adelante tuvieron que detenerse, una unidad de pontoneros del ejército estaban reconstruyendo un puente de tres ojos que la corriente había dejado con los pilares de hormigón solamente, y facilitar el transito con barcazas adosadas y tablones sobre raíles metálicos. Tres horas que aprovecharon para echar una cabezada, por que Chang se resignó en pasar a la parte posterior del vehículo, no sin antes cobrarse el precio del soborno con una cerveza.

Era la una de la tarde cuando llegaban a las instalaciones con el viejo pero infracasable vehículo, pues aunque padeciera de todos los males por la edad, nadie se había visto nunca tirado en la carretera por que se negara a avanzar, el color original de la furgoneta fue el amarillo, luego con los años la habían pintado de verde manzana, y posteriormente de azul marino, aunque ya pedía a voces otra renovación del colorido, que a este paso completaría los colores del arco iris.

El carnívoro Yung y el joven Ngen no habían llegado todavía, también debieron toparse con los mismos obstáculos que Juan y Chang para llegar, el único de los ausentados que se había personado era

Meu, que acudió la tarde anterior en una bicicleta alquilada, huyendo de la pensión y ciudad en que intentó repetir el número de la anterior ocasión, pero en la madrugada del sábado fue sorprendido por el padre cuando el triángulo entre la madre y la hija menor estaba en pleno apogeo, y solo consiguió coger la ropa vistiéndose a la carrera por la calle mientras el engañado esposo buscaba un atizador; al clarear el día del domingo puso pies en polvorosa advertido que el hombre le andaba buscando, aunque no para limpiar su honor, sino para que saldara la cuenta de la pensión y lo que les había prometido a las hijas y a su mujer. Y fue de gran ayuda su presencia en el campamento durante la noche pasada, que se inundó el cobertizo del ganado y tuvieron que conducir las reses al montículo de las excavaciones, que con la oscuridad eran reacias a seguir; tuvieron que recoger los perros y ponerlos a buen recaudo en la casa, que por suerte no la arrastró gracias a los sesenta centímetros que separaban la plataforma del piso de a ras de tierra, pero se llevó cajas de enseres y tablones que nadaban por el campo, utensilios y herramientas que debían estar cubiertas de lodo y aparecerían cuando la tierra absorbiese el agua, las piezas reconstruidas por Ling y todos los objetos del almacén estaban en un revoltillo de agua y barro, arrinconados donde la pendiente del suelo tenía su punto más bajo, el aire había arrancado también una plancha de hojalata del tejado de la casa, inundando colchones, ropa y comida de la despensa, solo el arroz cerrado en latas herméticamente para salvaguardarlo de los roedores se mantuvo seco, necesitarían un par de días de sol para restablecer todos los desperfectos y recuperar lo que había arrastrado la tormenta, pues no había escampado totalmente y nadie dudaba que pudiera reincidir en esa época del año.

Se mantuvo nublado, pero no descargó más con tanta rabia. Yung llegó al atardecer en un taxi que lo dejó a la verja de la finca, y Ngen llegaría la mañana siguiente por los mismos medios, la bomba no cesó de absorber el agua del enorme dique, que parecía una piscina de competición llena de chocolate sin espesar, la prensa hablaba nuevamente de víctimas en todo el frente que había descargado el ciclón. Ngen que emprendiera el viaje de regreso en tren, tuvieron que hacer transbordo en autocares por que se produjo un descarrilamiento, aunque sin lamentar víctimas mortales en un desmonte que la tierra había cubierto las vías, pero afortunadamente el maquinista lo advirtió a tiempo de reducir la marcha, y solo la máquina y un vagón de mercancías salieron de los raíles. Ngen contó en privado que su hermana había tenido problemas con el marido, pues tenía otra mujer aunque ella era la primera, y durante años vivieron tranquilos compartiendo las noches del cónyuge entre su hermana que tenía tres hijos de éste, y la segunda mujer, pero des de hacía un año se dejaba ver escasamente en el hogar de su hermana, mientras ésta adelgazaba y un enorme dolor de cabeza la tenía recluida diariamente, los médicos que la visitaron no hallaron nada en su anatomía que pudiera producirle aquel desfallecimiento y jaqueca continuada, por lo que acudió a un prestigioso chamán si podía disiparle las dudas sobre la posible influencia de los espíritus, el chamán se personó en su casa, y en el proceso de trance advirtió que enterrado bajo un árbol del jardín, habían restos óseos de un espíritu maligno que desde hacía tiempo rondaba por la casa, por lo que dedujeron que el propio marido los había enterrado por mandato de la segunda esposa, para así quedarse al marido en exclusiva y acaparar todas las riquezas. Desde que el chamán se llevó el saquito de metacarpos y cartílagos disecados, la hermana empezó a restablecerse y el marido recuperó los sentimientos y el orden de visitas.

Yung dijo apesadumbrado que su anciana madre estaba muy desfallecida, aunque nunca se había quejado de sus dolencias, pues había mantenido siempre un espíritu ágil y sufrido, ahora se sentía lasa y agotada, por lo que Yung temía lo peor, y había dejado señas y dinero a una vecina para que le telegrafiara en caso que la anciana expirase.

Los arrozales del entorno, que cuatro días antes movían su verde amarillento con la brisa del atardecer, habían quedado inclinados sobre el agua, con sus tiernas espigas durmiendo en la superficie y la paja revuelta en el limo, algunas estacas del cercado se habían inclinado y el alambre de espinos desaparecido en el fango, por lo que debían reponerlo para que los búfalos no saltaran a los arrozales vecinos, el tejado de la casa debía restablecerse y clavetear las planchas con tornillos reforzados, el almacén se tenía que limpiar y ordenar nuevamente las piezas de barro y cerámica seleccionadas, aparentemente era una pérdida de tiempo que el altruista monsieur Doupond aceptaba resignadamente, aunque en general cultura y intereses económicos estén reñidos para los capitalistas. Memorizaba Juan muchos años atrás, durante las obras de construcción de la autopista Barcelona – Valencia, que al sur de la provincia de Tarragona, los barreneros que perforaban un monte descubrieron un túnel de la era romana de decenas de metros de longitud, revestido con adoquinado de la época y con varias sepulturas que ponían de manifiesto su cualidad de catacumbas, y podía representar un hallazgo importante para los historiadores, pero una perdida económica cuantiosa si la noticia alcanzaba los oídos del pueblo y estos hurgaban los resortes de conciencia de los estudiosos, se podían producir enfrentamientos entre las autoridades municipales y los obreros destacados, y podía terminar por paralizarse las obras o tener que estudiar un nuevo trazado, o enfrentar el pueblo con las autoridades si estos cedían a las presiones de la empresa, o tener la constructora que sobornar el silencio de las autoridades, cosa no muy convincente para los prohombres locales cuando la noticia está precedida de un escándalo, que jugándose el puesto es investigado su patrimonio. Los martillos rompedores y compresores estuvieron exactamente dos horas parados, hasta que se personó el ingeniero jefe y dio la orden tajante que se dinamitara el orificio hallado, que premiaría a los presentes con una gratificación, y que si trascendía la noticia serían sancionados, así se abstuvo de explicaciones a las autoridades que pudieran perjudicar económicamente su empresa, y los trabajos siguieron su curso. Pero nada más lejos de este proceder estaba en las intenciones del culto monsieur Doupond ni de su hijo Ling, quien seguía detenidamente las instrucciones de su progenitor, restableciendo cautelosamente todos los desperfectos ocasionados por el agua, mientras Juan dirigía los hombres en la reconstrucción de la cerca, el edificio y el achicamiento del embalse en la cúpula del promontorio.

En las marismas del Guadalquivir hay mosquitos, como los hay en el delta del Ebro o en la albufera del Túria, pero los mosquitos españoles tienen un sistema de ataque que dan tiempo a las personas en que se posan a reaccionar, trabajan con lentitud, revolotean sobre la presa, buscan el tejido más blando, se aseguran bien antes de clavar el aguijón, dan vueltas sobre si mismos hasta dar con la piel fina de la pantorrilla o el antebrazo; por el contrario los mosquitos del sudeste asiático se lanzan en picado, como un avión a reacción haciendo un descenso en barrena en una exhibición acrobática, algunos del tamaño de una avispa, perforan con su aguijón de forma tan dolorosa que da la sensación que una brasa ardiendo ha caído en aquella parte del cuerpo, y se separan tan rápidamente que cuando se da el manotazo para aplastarlos ya han desaparecido, pero es en los días de lluvia o nublados cuando se muestran más agresivos. Por esto estaban tan alborotados y se habían reproducido con tanta rapidez, formaban una nube amenazante como las gaviotas del film de Hiskoch "Los Pájaros", pero en vez de picar a los ojos o la cara, preferían atacar a traición buscando las espaldas desnudas, los pies descalzos o los brazos descubiertos, para hincar el alfiler donde no fueran observados. Los manotazos de todos en defensa propia eran constantes, haciendo del trabajo una lucha en dos frentes, una por la labor que estaban ejerciendo, y otra por disuadir el ataque de los atosigantes insectos con palmadas, que parecía la jarana de un tablado flamenco en plena feria de abril en Sevilla, lo propio hubiese sido cubrirse con pantalones largos y camisa con mangas, pero los intrigantes dípteros buscaban el cogote y los tobillos desnudos, y los más violentos y robustos perforaban la tela.

No es de extrañar conociendo la rápida proliferación y voracidad de estos molestos chupadores de sangre, que en estos países de aguas encharcadas y putrefactas se desarrollen tantas enfermedades, por las noches se incineraban tiras de componentes tóxicos para ahuyentarlos, pero solo se conseguía disuadirlos en las habitaciones cerradas, en el porche no alteraban su comportamiento y las hamacas eran un continuo ajetreo de palmadas, se necesitaría una reproducción masiva de sapos y ranas para acabar con ellos, por que ya estaban inmunizados de los insecticidas y los compuestos de azufre, pero las ranas tienen la carne muy apreciada en estos lares y son perseguidas desde el desove aun siendo renacuajos, por esto sería ilusorio pensar en una eclosión masiva de estos fieles anfibios.

Uno de los investigadores que más había avanzado en su tiempo con los estudios sobre el paludismo y otras fiebres derivadas de las riberas y zonas pantanosas, fue sin duda el doctor Torre del Olmo amigo de los abuelos paternos de Juan, que estableció las bases de desarrollo de las fiebres palúdicas y neutralizó el virus, a partir de lo cual pudo estudiarse una vacuna con que combatirlo. El doctor Torre del Olmo fue uno de estos sabios que sus contemporáneos no hicieron justicia, era de familia republicana y fue olvidado durante varios lustros además de expoliado, fue recluido al olvido de los historiadores afines al régimen como lo fuera Monturiol en su tiempo, ignorado incluso por los pacientes que se beneficiaban de sus descubrimientos. Solo con el restablecimiento de la democracia consiguió en homenaje póstumo que le dedicasen una plazuela en las afueras de su pueblo natal, cuando en Estados Unidos, Inglaterra y Francia ya se habían dedicado varios simposiums y cátedras sobre su obra, y la farmacología había perfeccionado sus medicamentos antipalúdicos a partir de sus experimentos estudios y análisis, el doctor Torre del Olmo no estaba integrado en lujosos tomos, ni en los volúmenes de los diccionarios enciclopédicos de la lengua española, a pesar de haber fallecido hacía años y figurar en las historias universales editadas en otros países. Son palabras divinas "nadie es profeta en su tierra", y el doctor Torre del Olmo fue sin duda alguna uno de tantos profetas en medicina biológica que pasaron inadvertidas sus sabidurías en su país.

La pequeña metrópolis se iba vaciando de agua, las paredes, pasillos, salas y habitáculos que completaban aquel torcal hecho por los hombres, iban siendo nuevamente limpiadas de barro y légamo, y adquiría otra vez las formas de palacio anteriores al pequeño diluvio, con el sol y los surcos abiertos había menguado el agua del prado ahora arrozal en reposo, y el cáñamo y la grama verdeaban centelleantes al amparo del rebaño que permanecía durante varias horas recostado en el fango, los amentos amarillentos de los sauces doraban el suelo con su polen, y los guayabos inclinaban sus ramas cargadas de frutos, la bandada de gorriones cebados en la casa revoloteaban de nuevo entre los frondosos tamarindos expresando su alegría, y mirlos y garzas carraspeaban, chirriaban y producían silbidos ensordecedores de celo o satisfacción por ver el peligro del monzón alejado, por la pradera aparecían los enseres, aquí un cubo allá una palangana, más lejos apuntaba el asa de una espuerta, un cubierto que resplandecía con los rayos del sol, el mango de madera de un machete que asomaba entre el rastrojo... así

162

fueron recuperando la mayoría de los objetos que el agua arrastró.

CAPITULO 7
LAS INUNDACIONES

Habían pasado muchos años desde que Juan fuera detenido y acusado de pertenecer a una organización de izquierdas, tantos años que las mismas autoridades que ordenaron su detención volvían a ocupar cargos públicos ahora con el respaldo de partidos demócratas, fue acusado de catalanista por personalidades que ahora llevaban el estandarte del nacionalismo catalán, y de socialista por hombres públicos que ahora se decían progresistas de toda la vida, personajes que tal vez la historia pueda pulir su curriculum vitae pero que en ningún momento han abandonado el poder, y supieron girar en torno a él como la sombra que produce el sol en un palo clavado verticalmente en el suelo, que va girando tal como transcurre el día pero nunca abandona el ángulo del palo. Lo detuvieron por estampar pegatinas un once de septiembre que reivindicaban el Estatuto de Autonomía para Cataluña, lo sancionaron por unas pintadas alegóricas a la cultura catalana, lo interrogaron y recluyeron por la publicación de un manifiesto- denuncia, ingenuidades que el régimen no toleraba. En aquella época guiado por el ímpetu se dejaba arrastrar por las vicisitudes de las clases más humildes y oprimidas, haciéndose eco demandas y penalidades, identificándose como uno de ellos, como un abogado de los pobres que seguía los dictados de su conciencia, sin respaldo de asociaciones ni colegios por que no era ningún letrado, hacía proclamas buscando apoyo en los resortes obreros de la población, escribía quejas en los periódicos por estafas, negligencias en las infraestructuras, uso indebido de los poderes locales –por que el termino abuso estaba vetado -, siempre con la sutileza de pasar desapercibido ante la censura, aunque la reacción más asidua era que le secuestraran el articulo y lo sancionaran, en cierta ocasión denunció la muerte masiva de ganado caprino por envenenamiento, la maquiavélica organización de un potentado productor lechero amparado por sus afinidades al orden establecido, dispuso que las autoridades sanitarias vacunasen los ganados que se resistían en venderle su producción lechera, eran pequeños rebaños diseminados por los montes y nadie se opondría a una orden de estancias gubernamentales, uno de los ganaderos que era amigo de la familia de Juan se suicidó, el pastor se vio arruinado al perecerle las ciento cincuenta reses que tanto sacrificio y

166

austeridad le habían costado, y decidió quitarse la vida con el mismo liquido de la falsa vacunación. Juan indignado e impotente a la vez no pudo más que denunciar el hecho en los periódicos, aunque con la discreción pertinente hacia la censura pero recabando en la opinión pública el desprecio hacia el criminal atentado. En otra ocasión denunció algunos funcionarios de la repoblación forestal, ingenieros y jefes provinciales que eran a la vez propietarios de la maquinaria que trabajaba día y noche abriendo claros en los bosques para hacer contrafuegos en caso de incendios, que absorbían el presupuesto de ICONA año tras año, que se producían los casos más insólitos de incendios, beneficiando a las industrias papeleras con el bajo precio de las maderas con la corteza carbonizada, pero desolando las montañas de vegetación, que en invierno volvían las brigadas de hombres y mujeres a repoblar los montes de pinos y abetos, mientras en las zonas donde habían crecido eran incendiados nuevamente llegando el verano, en un ciclo rotatorio que solo beneficiaba a unas personas determinadas, empobrecía a los moradores de aquellas zonas y destruía la vida vegetal y animal, y los fondos destinados para la conservación de la naturaleza era como depositarlos en una hucha sin fondo, aunque

Juan si denunciaba entre sarcasmos y ironías un fondo receptor.

Juan Marrasé ponía en sus artículos el ingenuo entusiasmo en esclarecer el por qué de aquellas aberraciones movidas por intereses económicos, y cuya magnitud su mente no llegaba a alcanzar, buscando la comprensión de los agresores, la indemnización de los perjudicados, y el respaldo popular en sus súplicas a los apoltronados patriarcas de la política del momento. Ahora algunos de aquellos exaltados jóvenes que compartían las inquietudes de Juan eran alcaldes y ediles moderados, aposentados y conservadores que con los años habían hecho carrera en los negocios, otros se habían recluido voluntariamente en su familia y su trabajo mentando aquella etapa como locuras de juventud, otros no querían mencionar aquellos años por que se habían desengañado con el desencanto político, fue la época de soñadores de esperanzas, de idealistas desinteresados, querían cambiar el país y de alguna forma lo consiguieron aunque fueran utilizados, por que los ambiciosos de poder de toda la vida seguían ocupando direcciones generales, y altos cargos de los gobiernos autonómicos y estatales.

Fue aquella una época dorada para Juan, no porque se beneficiara económicamente en estas manifestaciones de rebeldía contra el poder establecido, que por el contrario le suponía un dispendio que difícilmente podía sufragar, si no porqué se sentía halagado por cuantos se beneficiaban con sus intermediaciones, porqué sentía su espíritu batallador realizado y esto le llenaba de satisfacción aunque perjudicara su economía, sus logros individuales y colectivos se multiplicaban con su tenaz constancia y su idealismo innato, y aunque no estaba versado en libros de ingresos y gastos como los responsables hombres de negocios, o las secretarias que redactan las minutas de abogados procuradores y notarios, sentía el deseo infrenable de clamar justicia ante una expropiación, una represión, una apropiación o malversación de dinero del erario público. En cierta ocasión denunció al presidente de una cooperativa agrícola y su secretario que habían formado un tándem para beneficiarse ambos, una rueda de talones que llevó la sociedad al descalabro y perjudicó seriamente a los socios, quiso clamar justicia ante la opinión pública por el uso que se estaba haciendo de los fondos en detrimento de la sociedad, pero tanto el secretario como el presidente tenían el amplio respaldo del cabildo porqué todos se habían beneficiado de aquella mar revuelta, y lo único que consiguió con aquellas declaraciones, que nadie se atrevió a desmentir pues ya eran de dominio público, fue una buena paliza que le propinó el presidente, ante la presencia de varios testigos que luego se negaron lógicamente a declarar por temor a represalias. El presidente agresor no se enfureció por ninguna calumnia según manifestó a sus allegados, sino por que a través de la prensa la noticia había trascendido las paredes del local, donde guardaban cautelosamente todos los secretos y corrupciones de la sociedad, el presidente aceptó reponer con un crédito a largo plazo el dinero utilizado, y el secretario más astuto que un lince, supo disuadir a los agitados socios la necesidad de practicar una auditoría, consiguió una suculenta indemnización por los veinte años de servicio, y a partir de entonces despejó las dudas de los intrigados aguiluchos que le andaban al acecho, pero nadie pudo probar que la fortuna que poseía fuera por fraude a la sociedad.

El opulento hombre del bosque Gnú, que contaba con los dedos de las manos, pero no sumaba diez, sino treinta, el número de falanges de todos los dedos, se sorprendió con el hallazgo de una inmensa roca que apuntaba en forma de casquete esférico, con pequeños cráteres y perforaciones como si fuera un bloque gigante de lava, y aunque nunca decía nada ni se alteraba aunque pisase los alacranes con sus toscos y agrietados pies descalzos, mandó a Meu que avisara a

Juan del hallazgo, pues aunque aparentemente era solo una inmensa roca, quizás quisieran observarla o variar el sistema de trabajo que estaban siguiendo en la extracción de tierra. Gnú que de todo aquel trabajo no entendía nada, pero que le ponía todo el empeño en cumplir su labor lo más delicadamente posible, echaba de menos los frondosos bosques de su valle, los inmensos troncos que cortaba con una sierra de dos manos, y desplomaba luego el ramaje con una enorme hacha, y los enganchaba pulidos a las cadenas de los elefantes de tiro arrastrándolos varios kilómetros hasta el acceso de los camiones, aquel era otro trabajo que no guardaba relación con este, aquí lo carcomía la rutina diaria de extraer capas de tierra con una parsimonia a la que no estaba acostumbrado, sin embargo en sus bosques había que hacer frente continuamente al esfuerzo físico y al sinfín de reptiles y depredadores que los moraban, y a cada paso descubría algo diferente en que distraer su atención, una reyerta entre una serpiente y un lagarto, un oso que vigilaba cautelosamente desde su guarida, familias de simios desplazándose por las lianas, o dos cocodrilos haciendo el amor en un remanso del río, escenas que no le sorprendían porqué las había observado repetidas veces, pero en cada ocasión de diferente forma, él sabía que si la serpiente conseguía enrollarse en el lagarto, por muy voraces que fueran sus dentelladas este acabaría en el estómago de la culebra, sabía que si se acercaba demasiado a la guarida del oso, este le atacaría en defensa de sus oseznos y su territorio, y tenía comprobado que si intentaba coger una cría de mono, aunque aparentemente parecían sociables mientras observaban su paso desde las ramas de los árboles, el macho le atacaría de forma despiadada, como si se acercaba a los tranquilos hidrosaurios que copulaban en el riachuelo; Gnú en su hábitat conocía todas las plantas y arbustos, en unos se podía comer el brote tierno, otros producían tubérculos comestibles, otros se podía comer el fruto mientras estaba verde, el tallo de que árbol servía para curar indigestión, la raíz de cual otro era apropiado para sanar de lombrices intestinales, o las flores de cual hierbajo eran idóneas para disuadir el dolor de cabeza, seguro que la química farmacológica diría que todo era venenoso, pero él era un erudito naturista en su medio, y todos los conocimientos los había adquirido de sus antepasados y de la propia experiencia, como su carácter silencioso, que según él en el bosque era la forma de ver sin ser visto.

Había que seguir descubriendo la esfera pétrea antes de dar noticia a monsieur Doupond, pues no era prudente advertirlo de ningún hallazgo sin saber que era realmente, además desconocían hasta que punto podría interesarse por lo que de momento era una simple roca, el hombre que durante muchos años había estado desvalijando los hallazgos prehistóricos de las excavaciones de Ban Chiang, que dirigieron hombres de su confianza ocultando las grandes obras de una cultura que habitó allí hacía cuatro mil años, y solo las piezas de barro de escaso valor se llevaron a estudiar a la universidad de Phensilvania, y los objetos valiosos ocupaban las vitrinas de coleccionistas millonarios de Inglaterra y Japón; el mismo hombre que hacía unos años, suplantó bajo un estudio extremadamente calculado en solo veinticinco minutos y sobornando previamente los vigilantes de turno, la inmensa imagen de Buda fundida en oro macizo del templo de Wat Traimit por otra de exactas dimensiones pero con solo un baño dorado de dos centímetros de espesor, que se seguía venerando sin que nadie se hubiese percatado de su falsa originalidad.

Gnú con su sepulcral mutismo y Meu aburriéndole con sus lances de amoríos, siguieron rebajando capas de tierra negra de diez centímetros de espesor en el ala noroeste, guardando el mismo nivel en todo el recinto del hallazgo pues era el más atrasado, dejando un palmo de tierra sin arrancar entorno la roca de características volcánicas, Chang con la escobilla de palma y la esponja húmeda iba limpiando las baldosas de lo que aparentemente fue la sala principal, con sus posaderas aplastadas contra el suelo sobre una pierna, pues en cuclillas no resistía mucho tiempo por el contrapeso de su cuerpo que le hacía balancearse; el veterano pero ágil Yung iba llenando espuertas de tierra arcillosa y las subía por la escalera de caña para amontonarla en el exterior, mientras el estudioso Ling iba reconstruyendo los desperfectos de la colección almacenada, y Ngen continuaba con sus funciones de cuidar los animales, asear la casa y procurar tener la comida condimentada a sus horas, Juan hacía un poco de repartidor de ánimos, supervisando cautelosamente y sin dar pie a recelos todos los hombres de su equipo, ofreciéndoles agua fresca y un cigarrillo de vez en cuando para disiparles de su monotonía, mientras desenclinaban unos minutos las corvas espaldas e intercambiaban impresiones. En una de estas fugaces paradas, que Chang alargaba la conversación para estar más tiempo parado, contó una anécdota de cuando estuvo trabajando en Arabia Saudí, y que siempre se lamentaba de haber regresado; siguió en cierta ocasión una muchacha ataviada con el velo que le cubría el rostro, él quería simpatizar y llamar la atención de la joven, pero cada vez que se le acercaba ésta aceleraba el paso sin dirigirle palabra, pero Chang lo interpretaba como un apremio hacia su nido del placer, y así lo condujo por callejas y pasadizos hasta las afueras de la ciudad hasta llegar a lo que debía ser su casa, la muchacha entró en el edificio y al momento salieron siete hombres jóvenes y fornidos que presumiblemente eran sus hermanos, lo investigaron para saber por qué perseguía a su hermana, entre bastonazos, puntapiés y bofetones, uno sacó la navaja para cortarle los testículos pero los demás lo retuvieron y accedieron a mejor solución, uno por uno lo fueron sodomizando en el mismo portal, mientras uno lo amancebaba dos le aguantaban los brazos y los otros cuatro vigilaban esperando su turno. Luego en el hospital donde le practicaron algunos puntos de sutura en el ano, le dijeron que podía dar gracias a Alá por seguir con vida, pues la muchacha debía estar recién casada o comprometida para esponsales cercanos, y al acercarse a ella un hombre persiguiéndola como si fuera una buscona podía caer en deshonor toda su familia.

Juan pensaba repetidas veces durante el reposo nocturno en su hamaca, mientras la luna se reflejaba en las charcas, y ranas y grillos repetían incesantemente su repertorio coral, convirtiendo el croar de las ranas y el aleteo de los gríllidos, en un silbido penetrante que podía llegar a ensordecer si se prestaba atención, en

175

que tal vez obró precipitadamente, sin premeditación alguna al dejar su país, con su tierra y sus gentes, con sus amigos y adversarios, con su familia que se le empañaban los ojos de lágrimas al recordarla, con amistades que tal vez podían darle apoyo y cobijo, y también con enemigos los enemigos manifiestos que habían minado su ruina, la nostalgia le inducía a pensar insensateces y le conducía a un arrebato de ira, quizás hubiese sido mejor hacerles frente a todos con armas más persuasivas, al estilo de Curro Jiménez o José María el Tempranillo aunque estuviesen en desuso en esta época, vengando su destrucción por medios violentos y fines macabros, pero Juan no confesaba con la violencia, y los métodos de diálogo de personas civilizadas los había agotado en busca de disipar la trama que le arruinó, sin ningún resultado positivo, habían inspectores corruptos, directores de sucursales bancarias importantes, parlamentarios que temían de su influencia que fueran revelados los sucios negocios mientras escalaban el poder, gentes bien situadas de prestigioso estatus social, personas que le debían favores y con su desaparición ahorraban la posibilidad de devolverlos, había un delegado de hacienda que se encargaba de idear sanciones de las más absurdas materias y de las épocas más remotas y dispares, eran tantas y tan variadas, que en algunas ocasiones se repetían después de satisfecha la sanción, y merecían la dedicación exclusiva de un abogado, pero como es bien sabido un abogado es mejor cuanto más capaz sea de transformar la realidad de los hechos, por eso los mejores eran parte de la poderosa trama, y el de Juan claudicó a la presión y al soborno; el corrupto funcionario tenía un hermano controlando el Registro de la Propiedad Inmobiliaria, por lo que estaban en control permanente de las subastas interesantes, un nombre de paja con el aval de dos directivos de bancos importantes, era el encargado de adjudicarse los inmuebles subastados, siempre a la tercera salida ya que podían disuadir y controlar el acceso a la sala de los interesados. Y se adjudicaban cuanto fuera de su interés a precios irrisorios a nombre de una sociedad anónima, que trabajaba con depósitos de moneda extranjera que no era declarada por súbditos franceses suizos o alemanes, que los directivos de los bancos reseñados extendían un recibo ajeno a la entidad ofreciéndoles todas las garantías y unos intereses más elevados, y los ahorradores foráneos lo tenían a buen recaudo en nuestro país para futuras inversiones, mientras los audaces banqueros lo utilizaban para el funcionamiento de su empresa, a la que se les unía un inspector de trabajo, cuya misión consistía en contribuir al hundimiento de pequeñas empresas que poseyeran valiosos inmuebles con garantía bancaria, todo eran personas amparadas `por la ley, que cumplían teóricamente y escrupulosamente su labor, pero realmente eran buitres al acecho de despojos aunque políticamente correctos, minando las empresas que balanceaban o hacían aguas para hundirlas definitivamente, habían alcaldes y representantes legítimos del pueblo en el Parlamento, que se encargaban de anular proyectos y dar preferencia a los de la sociedad, declarando zonas urbanizables o industriales las que fueran agrícolas hasta que las habían adquirido, multiplicando así el valor del suelo, mientras mantenían unos proyectos en compás de espera durante años, otros que correspondían a sus intereses se iniciaban sin previa publicación en el Boletín Oficial del Estado, con la farsa de los informes que ejecutaba el representante del Ministerio de Trabajo y Seguridad Social, y el visto bueno del delegado de Hacienda, abaratando enormemente sus costos por lo que podían conseguir grandes beneficios, al tiempo que las otras iniciativas si llegaban a concluirse quedaba excluida su posibilidad de competir, provocando su quiebra y la posterior subastación de bienes. Alguno de los arruinados empresarios se había suicidado, aunque no fuera la mejor solución era la única salida que habían encontrado, viéndose despojados de cuanto habían conseguido con su sacrificio después de toda una vida de trabajo y sentirse impotentes para recuperarlo, otros más aferrados a no ceder llegaron a maquinar atracos a los prestamistas y usureros que les habían acabado de hundir en su intento último de salvaguardar su patrimonio, actos que nunca llegaron a consumar, pero les mantenía vivos mientras la Sociedad Anónima de hienas prestigiosas se adueñaba de sus años de esfuerzo, otros los más, habían obrado como Juan, se habían resignado a perderlo todo y volver a empezar de cero en otros lares, abandonando haciendas derechos y obligaciones, ante la impotencia de enfrentarse a lo que el destino les había deparado.

No se podía pedir justicia a ningún estamento político, ni recurrir al amparo del Defensor del Pueblo, ni seguir pleiteando ante los tribunales, pues todo era legítimamente legal, nadie se hubiese atrevido a dudar del correcto proceder de funcionarios notables y políticos relevantes electos por voluntad popular, y menos aún si eran correligionarios de las mismas formaciones políticas. Era evidente que habían implantado un nuevo estilo de la picaresca hispana, formando un pequeño estado dentro del propio estado, acumulando poder y riqueza al amparo de la ley, extorsionando intrigando y arruinando a opositores empresarios y gentes de bien; ellos no se conformaban como el Gran Rodolfo en introducir organillos emisoras y relojes de contrabando, ganándose un jornal decoroso aunque fuera ilegal a vistas de la ley, y sin causar daños a los ciudadanos era perseguido por los veladores del orden público, los componentes de la trama mafiosa necesitaban amasar fortuna rápida con toda legalidad, amparados además por sus respectivos puestos privilegiados. Juan había conocido algunos de los desafortunados empresarios que cayeron como moscas en la tela de araña, que por alguna circunstancia se posaron en el punto de mira de los intrigantes quebrantahuesos, Juan conoció al Onasis de la Roca, le llamaban Onasis por la inmensa fortuna que poseía, y de la Roca por que había nacido en la Roca del Vallés, era el mayor de los tres hermanos que construían, urbanizaban, abrían canales y dragaban puertos, pero el destino les llevó a manos de los desaprensivos instigadores, y como sanguijuelas provocaron la quiebra de la empresa y el suicidio del Onasis de la Roca.

Conoció Juan al manchego Aristides del Hoyo, el constructor de origen noble que poseía gran fortuna y casa solariega en Albacete por herencia de sus antepasados, pero fue a sentar posesión en la zona turística de la romana Tarraco, y por lo tanto acabó en la más mísera de las situaciones, recluido en un pisito de alquiler con su familia que difícilmente podía mantener, arrastrando la pena y vergüenza de ser el causante del deshonor heráldico de sus ancestros. Juan tuvo gran amistad con Cándido Paülla, el fabricante de muebles que había engrandecido el taller de su padre y daba empleo a más de treinta personas entre ebanistas carpinteros y transportistas, que en sus buenos tiempos llegó a pesar más de ciento treinta kilos, pero desde que la red lo enmarañó estaba recluido en una clínica de la seguridad social, con un cáncer de estómago incurable y con solo cuarenta y ocho kilos de peso, esperando su desenlace en cualquier momento aunque ya nada le importaba después de haberlo perdido todo.

En las cálidas noches, que la luna de oriente se reflejaba en el agua y dibujaba formas fantasmagóricas con la sombra de los árboles, cualquier ruido de ratas lagartos o aves nocturnas era atribuida a los espíritus, cualquier balanceo de una rama, el crujir contraccional de la madera al enfriar el ambiente, el carraspear de la hojarasca anidada por roedores, el canto de los pequeños saurios en celo, el batir de las alas de búhos y murciélagos, todo se atribuía a espíritus errantes, que moraban por los aledaños adquiriendo diferentes formas en cada circunstancia, y el obeso y temeroso espiritista Chang se animaba en referir historias escalofriantes que luego no le dejaban dormir en toda la noche, pero gustaba en referirlas con suma morbosidad, Meu sin embargo se repetía en las narraciones de aventuras lascivas pero que despejaban la mente absorta en la solitud, gustaban ambos en narrar secuencias cada uno en su materia que acompañaban las veladas en sustitución del televisor, pues el único aparato que tenían era el radiocasete del joven Ngen con su media docena de cintas que ya se sabían todos de memoria; una de aquellas noches que el calor incitaba a residir en la hamaca, Chang narró una historia que sobresalía de las normales de su repertorio, dijo:

Hacía muchos años, durante la expansión nazi por buena parte de países orientales, llegó a Bangkok un médico alemán de origen judío, venía escapando de la persecución antisemita de los Servicios de Seguridad del Tercer Reig, vino en barco desde Alejandría, pues en Tailandia se refugiaron muchos perseguidos, aunque acogieran refugiados en varias colonias y protectorados, el reino del Siam mantuvo su neutralidad y se convirtió en el paraíso añorado del sudeste asiático, dicho médico y egiptólogo vestía escrupulosamente elegante con su traje de lino camisas de seda y lazo pajarita, y el correspondiente sombrero de fieltro aunque la canícula lo asfixiase, se hospedó con sus dos maletas y un baúl de madera noble embellecido con marroquinería mudéjar en una lúgubre pensión vecina a los parientes de Chang, y a los pocos días apareció horriblemente descuartizado en su habitación, abierto en canal como un becerro y habiendo desaparecido vísceras e intestinos sin rastro de sangre, los ojos arrancados de sus órbitas con paradero desconocido y ambas manos mutiladas como por el filo del sable de samurai, una carnicería que conmocionó a todo el vecindario, y más aún que los dueños de la tétrica pensión no advirtieron ruido alguno aunque vivían en la misma planta, pero a raíz de esto se hizo macabramente famosa con el nombre de "Pensión del alemán descuartizado", y más inaudito fue cuando la policía cerró el caso sin hallar las partes arrancadas del cuerpo, ni aclarar como se había podido producir aquel horrible asesinato sin dejar rastro de sangre ni en el suelo ni en lo que quedó del cuero . Las gentes como era normal sacaron sus conjeturas, unos apuntaban que había sido el Servicio Secreto nazi quien había llevado a cabo el crimen por razones políticas, otros decían que habían sido ladrones profesionales con el objeto de sustraerle cuanto tuviera de valor, y que se ensañaron con él porqué les debió ofrecer resistencia durante el atraco, y los más suspicaces murmuraban que habían sido los mismos dueños de la pensión para apoderarse de las valiosas joyas que traía el desafortunado en el baúl, y que además eran los únicos que pudieron limpiar el rastro de sangre y dar una pista falsa sobre el asesinato cuando llegase la policía, pero ninguna de las tres versiones que la muchedumbre murmuraba podía ser cierta, la posibilidad de atraco con asesinato quedaba descartada, pues los objetos de valor que poseía quedaron intactos n el lúgubre aposento y no habían indicios de violencia ni alteración en los anticuados muebles; creer que habían sido los propios responsables de la pensión quedaba también fuera de lugar, pues les era más fácil deshacerse del cadáver y quedarse con sus posesiones sin necesidad de trascender la noticia a las autoridades policiales; solo quedaba la tercera opción que el populacho rumoreaba, que habían sido los del Servicio Secreto alemán, pero dio la casualidad que la pensión cerró su reja metálica de la puerta a las diez de la noche, y que todos los clientes que habían aquel día eran el desgraciado judío germano y dos viejecitas que compartían la habitación contigua, y nadie oyó nada ni nadie entró ni salió del recinto en toda la noche.

La policía se llevó el cadáver, la documentación, el dinero y algún objeto personal que consideraron de valor en el registro, por si algún familiar lo reclamaba, los trajes y otras prendas quedaron depositadas en la pensión temporalmente, así como algunas antigüedades y libros depositados en el baúl que tenían aspecto de tener más valor sentimental que material. El capitán de policía conocedor de la honradez del posadero ni siquiera selló el cuartucho trastero, que quedó a merced de los atavíos del desafortunado huésped y cuyo valor consideraron relativo. Pasados un par de días al honrado pero suspicaz hostelero le roía el gusanillo de la curiosidad, y fue a hurgar los enseres del desafortunado alemán depositados en el pequeño reducto bajo las escaleras, estaban los trajes ordenadamente colgados en un perchero junto un par de gabardinas, los sombreros en una repisa, las camisas de cuello duro correctamente planchadas en el interior de una maleta, cuatro pares de zapatos de charol abrillantados decentemente, arrinconados como los habían dejado los investigadores; el hotelero pensaría en la poca utilidad de aquellas prendas propias de países fríos, y la tentación le incitó a fisgonear el baúl que tenía la llave en el cerrojo para no perderse, abrió curioseante la pesada tapa de madera en forma de bóveda, y vio unos papiros enmarcados en cuadros de poco valor, un maletín con utensilios médicos de cirugía, un microscopio, algunos libros de medicina, un volumen de egiptología que el fallecido era autor, unas figuras doradas de la época de los faraones con jeroglíficos grabados, y una talla de ébano de unos cuarenta centímetros de altura envuelta en un paño de terciopelo negro, que representaba un cuervo con las alas plegadas y un solo ojo en la frente con un rubí incrustado del tamaño de una uña del pulgar, que con la tenue luz debió pasar inadvertido a los policías que investigaron que la noble madera contenía una piedra preciosa. El fondista decidió guardarse en prenda la figura de la piedra roja, por si no cobraba los perjuicios ocasionados, y la colocó en una repisa de su aposento donde guardaba los periódicos, bajo el altarcito que acogía un Buda meditando, dos jarrones con flores y varios despojos de barritas de incienso que semanalmente ofrecía a su protector, pues nadie podría acusarle de robo, y si la policía había tomado nota de los objetos que contenía el baúl, podía recurrir a su buena voluntad en guardar más estrechamente vigilado un objeto que consideró de valor, si por el contrario no advertían su falta, se autoexculpaba del hurto pues no había cobrado la pensión los días que el desafortunado huésped estuvo alojado.

A la semana del terrible suceso un camión del ejército paró ante la lúgubre pensión, por las charcas de aguas mugrientas del estrecho callejón los chiquillos y curiosos del vecindario se apiñaban entorno al vehículo, creyendo aclarar alguna duda respecto al asesinato al advertir la presencia de los uniformados, pero estos solo acudían a recoger el resto de pertenencias del médico alemán, cargaron cuanto había en el pequeño cuartucho, y dieron instrucciones al dueño del local de que las autoridades diplomáticas habían transferido el caso a la embajada alemana, y que serían los germanos quienes se pondrían en contacto con él, para indemnizarle las molestias, y se fueron sin perdida de tiempo ni revisar nada pues no estaba en interés de nadie airear el suceso, y que hizo pensar al no tan honrado fondista que podía haberse apropiado de más. Con los días la gente olvidó el caso, pero a los veintiocho, coincidiendo nuevamente con el plenilunio, una intensa luz roja iluminó la alcoba del posadero, manaban rayos de luz del ojo de cristal del cuervo, toda la habitación se puso a temblar, se tumbaron los jarrones de flores del altarcito, y el Buda de barro se vino al suelo rompiéndose en mil pedazos, entonces el cuervo adquirió forma humana, pero abrió sus alas y se puso a aletear, tenía el tamaño de un gigante pues con la cabeza casi tocaba al techo, aterrorizado el dueño de la casa salió corriendo a la calle clamando gritos de socorro e interrumpiendo el sueño del vecindario, acudieron hombres y mujeres curiosos en su ayuda y una patrulla de la policía, pero cuando entraron nuevamente en la sala, aquella figura alada mezcla de hombre y pájaro, desapareció por el hueco de la ventana y se fue volando sobre el río rumbo al océano.

Entristece embriagarse de recuerdos como hacía Juan Marrasé, en la soledad nocturna dentro del reducto reducido del mosquitero, sumido en los recuerdos le absorbían ilusiones futuras, recordaba las horas felices junto su mujer y su hijo antes que el matrimonio fuera a la deriva, recordaba con recelos de duda aquella gitana que le leyó la mano cuando tenía veinte años, agnóstico escuchó como de las líneas deducía que alrededor de los cuarenta su vida cambiaría completamente, tal vez por una enfermedad, o quizás por un cambio de familia o país, las predicciones de la gitana lo habían tenido absorto los últimos tiempos, quizás la pitonisa sin cartas ni bola de cristal advertía realmente el futuro, y no era un truco para sacar unas monedas como él creía de los faranduleros. Recordaba el que fuera el momento más feliz de su vida cuando nació su hijo, y mantuvo en sus brazos aquella diminuta criatura sonrosada recién nacida que era sangre de su sangre, con el miedo normal en los hombres poco versados en estos trasiegos, en dañarlo si lo sujetaba excesivamente prieto o que le cayese si aflojaba la tensión de sus músculos, ahora ya tendría nueve años y no podía más que dedicarle sus pensamientos; los hijos son estos pequeños seres adheridos en la vida de un hombre, que te colman de satisfacción indescriptible aunque conlleven temores y divergencias, que no se advierte su crecimiento desde que pintarrajean las paredes a rastras con lápices de colores hasta que discuten a los padres cosas que estos consideran reservadas a los mayores, pero que se vierten en ellos las mayores ilusiones de los progenitores, aunque de manera instintiva y protectora estén advirtiéndoles constantemente de los riesgos y peligros del entorno, solo cuando la distancia impide estos reproches y advertencias continuadas y monótonas, estas reprimendas inmaliciosas que obliga el trato diario, se advierte a faltar su presencia y motiva hacer un repaso minucioso de su pequeña vida, a sus horas de júbilo entre juegos e ilusiones infantiles, a sus mentirijillas sin pecado, a su interés en descubrir la vida adolescente, en sus fantasías de mundos imaginarios, y también se recuerdan las preocupaciones por él, por sus enfermedades, por el control de su temperamento, por sus horas de dolor ante algún fortuito accidente propio de la infancia, entonces se advierte que han crecido sin darte cuenta que estas envejeciendo. El recuerdo de su hijo perturbaba el sueño de Juan Marrasé, rememorando con añoranza las horas de sobremesa nocturna, cuando su hijo se resistía en ir a la cama por compartir sus habilidades con el padre, para mostrarle reiteradamente los cromos que coleccionaba con su ascendente satisfacción por completar el álbum, o para componer rompecabezas con una visión genuina de las piezas para el niño y deslumbrante para el padre, o para compartir una partida de ajedrez que el pequeño ilusionaba con ganar, y el padre se fingía distraído dejándose comer las piezas principales. Ahora habían muchos miles de kilómetros separando a ambos.

En el diario de las excavaciones que había reemprendido Ling en su lengua autóctona desde que se incorporara al equipo, figuraba: En el día de hoy, tercer día menguante de la décima luna del año 2534. Que Juan de seguir con el hábito de anotar los pormenores de las excavaciones hubiese registrado: Hoy once de septiembre de 1991 fiesta nacional de Cataluña; los hombres que efectuaban las tareas de limpieza en el ala este, han descubierto una trampilla perfectamente camuflada formando juego con el dibujo de los mosaicos, que conduce a un subterráneo cuya bóveda parece haber resistido al tiempo, aunque ningún hombre se ha introducido todavía por cuestión de seguridad.

Se había descubierto la boca interior de un túnel o unas catacumbas o un laberinto en el subsuelo, que tendría que absorber la atención y el esfuerzo de los días posteriores, desde la boca de la galería de un metro y medio de anchura por ochenta centímetros de alto, aunque obviamente la altura tenía que ser mayor pero estaba cubierta por tierra caída de las paredes o corrida de algún desprendimiento. Aunque era anticipar conjeturas, se observaba a través de la luz de la linterna, un túnel húmedo con precipitaciones de estalactitas, los pocos metros que alcanzaba el foco en su trayectoria dirección oeste no se podía apreciar desprendimiento alguno, aunque el paso era peligrosamente bajo y la luminosidad escasa, posiblemente la tierra fuera arrastrada desde algún derrumbamiento en su trayectoria, siendo transportada por el agua que por filtraciones se acumuló en el vacío, pero antes de iniciar las prospecciones del subsuelo era preferible aligerar definitivamente el peso de la superficie en su totalidad, pues se necesitaría de todo el equipo para efectuar el trabajo, reforzar el techo con tablones y telescopios de albañilería o gatos hidráulicos, e incorporar instrumentos de iluminación que permitieran distinguir todos los pormenores como grietas y sedimentos, construir un trípode donde colgar la polea para extraer con más facilidad los cubos y espuertas de tierra barrosa, y tomar precauciones ante una posible bolsa de gas en alguna galería.

CAPITULO 8
EL METEORITO

Cuando vino de México se le notaba el acento de haber permanecido allí durante más de cuarenta años, vino ya jubilado de la cátedra de derecho político que impartió durante su exilio en la Universidad de Chihuahua, el año ochenta y dos cuando los socialistas llegaron al poder festejó con júbilo la trascendental efemérides, Santiago Villegas fue uno de los secretarios y fieles colaboradores de Largo Caballero, y ya había perdido la fe de poder ver antes de morir la democracia restablecida y un gobierno socialista en España, lloró de emoción ante el televisor cuando Sánchez Rof entonces Ministro del Interior en funciones, anunció la victoria del P.S.O.E. ; los nuevos dirigentes eran gente joven que el no conocía pero se les notaba en sus ardorosos mítines y diatribas su afán por cambiar el país, su ímpetu por conseguir una sociedad más justa y equilibrada, sus deseos de proteger y subsanar el desequilibrio de los sectores menos agraciados, Santiago Villegas rebosaba emoción ante el aparato receptor. Desde su llegada en vísperas de la campaña electoral, se había presentado en la sede de su partido en su ciudad de residencia, ofreciendo su colaboración en cualquier materia que pudiese asesorar, ofreciéndose tanto él como su luchadora esposa en las tareas más simples que la militancia implica, pegar carteles, repartir sobres con las papeletas de voto, acondicionar el local donde los oradores debían pronunciar sus discursos...con la constancia consiguieron el carnet, no sin tacharlos los jóvenes valores de vejestorios aburridos y dogmáticos que solo referían anécdotas de su pasado ya remoto.

Santiago Villegas nunca perdió su entusiasmo en el afán de conseguir la buena reputación de sus siglas de toda la vida, no pasaba por alto una asamblea un mitin o una conferencia, disfrutaba como saboreando un manjar que hubiese esperado más de cuatro décadas en poder degustarlo. Al cabo de ocho años, cuando ya había hecho un análisis más profundo de la trayectoria socialista en el poder, confesó cautelosamente a Juan Marrasé: Este socialismo será una lacra política para España, se ha servido de la gran masa ignorante como hiciera el franquismo en sus mejores momentos, y a conducido al país a un callejón sin salida, se han apoltronado los amiguismos, y estos en vez de legislar acorde a los principios de su fundador Pablo Iglesias solo piensan en enriquecerse, se intenta deslumbrar a la opinión pública con grandes acontecimientos, como la Exposición Universal de Sevilla o los Juegos Olímpicos de Barcelona, para ocultar los grandes males que aquejan a la nación, y fingir una estabilidad económica y social a los ojos del mundo, pero estamos en el umbral de la crisis más grave que haya podido tener un gobierno europeo, y los socialistas pagaremos muy caras las consecuencias.

Finalmente se despejaron las dudas de cómo se movía la gran loza de dos toneladas hallada al inicio de las excavaciones, y que realmente debió ser una puerta de gran seguridad, corría sobre rodillos de madera que con el tiempo se habían desintegrado totalmente, situados entre raíles elaborados con troncos de naturaleza noble también desaparecidos, pero los residuos manifestaban la pureza del material, los rodillos corrían por una ranura esculpida en la pared de piedra, y llegando a su tope eran asegurados desde el interior a través de una ventanilla cuadrada de veinte centímetros de lado con una cuña pétrea, la puerta tenía dos contrapesos que tiraban de ella desplazándola de una parte a otra, ayudados por unos depósitos de agua de dimensiones parejas que accionaba un sistema de balanza asistido solamente por dos hombres para mover una gran mole de más de dos mil kilos, los depósitos se llenaban y vaciaban por un sistema de cisternas comunicantes, formando un búnker imposible de abrir desde el exterior, cuando el depósito lleno de agua llegaba al suelo la puerta se hallaba completamente abierta, para cerrarla se llenaba el depósito de la parte opuesta con el agua de la cisterna de su lado, y se vaciaba el agua del lado opuesto que por un sistema de noria era elevada a la cisterna superior, los hombres ayudaban a través de una polea dentada movida por un volante de barrotes y una galga la aseguraba del retroceso, que supuestamente solo servía para fijar la puerta al punto deseado. Este sistema de funcionamiento que costó muchas horas de investigación descubrirlo, fue gracias que Juan Marrasé conocía el sistema utilizado dos mil años después en el curso del río Mosa en Bélgica, para elevar buques de un nivel a otro de la corriente de agua en un relieve de Ronquier, creyendo que era un ingenio contemporáneo cuando en realidad aquel pueblo Birmano-Tibetano ya disponía de él, quizás aquella ancestral cultura no valoró a la medida la importancia de sus conocimientos, que veinte siglos más tarde sería la base de grande obras de ingeniería, o quizás ya conocían el gran potencial energético que podían desarrollar con la fuerza del agua tan abundante en esta latitud del hemisferio, quizás disponían de pozos que en pocos metros podían obtener el agua por filtración y extraerla cómodamente para sus necesidades, o quizás poseyeran ideas más ambiciosas y canalizaron el agua desde algún riachuelo, o un manantial de la cuenca del Mekong para el desarrollo de sus avances hidráulicos, pero estas deducciones eran hipótesis que no podían documentar, y tal vez Juan no habría advertido la fuerza motriz que movía la puerta, si Chang con su parsimonia de obesidad concebida, no hubiese descubierto los cercos de bronce que sujetaban los depósitos cilíndricos y los aros del volante que ayudaban a los contrapesos.

Los frondosos guayabos inclinaban sus ramas cargadas de frutos, eran frutos más pequeños que sus semejantes cultivados en huertos y jardines, por eso les llamaban en su lengua vernácula "guayabos de excremento de pájaro", por que son ingeridas las simientes por unos mirlos autóctonos que emiten sonidos guturales únicos y extraordinarios, y otras especies que las transportan a los lugares más recónditos, y convierten cualquier selva en un guayabar capaz de paliar la sed y el hambre, aunque comidos excesivamente verdes son indigestos. Los robustos nogales de fruto menudo y primitivo, adquirían un tono amarillento por la maduración de las nueces de cáscara gruesa y pulpa diminuta, que solo con la ayuda de un palillo era posible extraer la almendrilla de las tres cavidades que contenía el duro pericarpio, pero distraían alguna velada, y aunque no fueran capaces de disuadir ninguna necesidad copiosa, entretenían la sobremesa nocturna como una variación del cacahuete hervido; algún día que a Ngen la inspiración le era propicia, los obsequiaba con alguna receta de repostería que había aprendido de su madre o del restaurante de Khon Kaen en que estuvo trabajando, hervía calabazas que cortaba minuciosamente en rodajas, rayaba coco maduro y escaldaba las hebras con agua hirviendo, luego las exprimía varias veces para extraerles el sabor y el jugo, y así usar el caldo para condimentar los tajos de calabaza añadiéndole un poco de azúcar, era un postre delicioso pero que merecía la atención de varias horas, y el joven Ngen no siempre estaba dispuesto a ello, en alguna ocasión hervía con el jugo del coco exprimido, plátanos menudos de piel amarillenta, que los llamaban plátanos de huevo por su color tan parecido a una yema, que eran extremadamente dulzones, y comidos con el caldo en caliente eran suculentamente deliciosos, sin dar tiempo que agriasen con la maceración.

Ya aclaraban las lluvias torrenciales que durante el verano tuvieron en vilo a los moradores de las planicies, y el clima de septiembre y octubre tendía a la calidez seca, en Europa sería tiempo de vendimia que tantos recuerdos alegres le traían a Juan, recordaba la infancia en su pueblo natal cuando ayudaba a su padre en las tareas de la viña, las cuadrillas de mujeres y hombres avanzando por las hileras de cepas cortando el fruto de todo un año de esfuerzo, pendientes de la maduración de todas las variedades para obtener un buen caldo, pendientes de las enfermedades propias de la vid y de las inclemencias tormentosas de finales de verano y principios de otoño, los cánticos de las muchachas y los chistes de los hombres que acarreaban los cuévanos al hombro llenos de racimos, el carretero transportando viajes al lagar con el carro entoldado y pegajoso, ahuyentando los tábanos que merodeaban el mulo y el enjambre de abejas que libaban los azucares del mosto, donde la pulpa era pisada trepidosamente por los pies descalzos, y la raspa y hollejos eran exprimidos después que escurriesen toda la noche, en la arcaica prensa de caracol con la presión del esfuerzo de los hombres, que llenaban las esteras de esparto con los despojos de racimos, los pasaban por el eje central de la prensa y así extraerle los últimos restos del jugo de la vida, antes de depositarlo en los toneles de roble o nogal para su fermentación.

El vecindario ofrecía una noble rivalidad a la hora de estrenar el vino nuevo, el ramo de pino colgado en el balcón era la enseña inequívoca de que habían pinchado el barril, y los hombres diestros en el análisis organoléptico recorrían las bodegas particulares pera pronunciar su veredicto, pero esto en Juan eran secuencias de su temprana edad que solo removiendo el baúl de los recuerdos, podía aflorar aquellas visiones de los niños de su edad correteando entre los viñedos, o entre los carros que guardaban cola en el molino, sustrayendo racimos de moscatel o macabeo de tonos dorados como impregnados de miel de los carruajes convertidos en panales, y catar incesantes el dulce mosto de los lagares donde pisaban las uvas hasta que el alcohol surgía efecto. Tu padre fue de los hombres más rectos que haya habido en el pueblo; le recordó en cierta ocasión su padrino a Juan Marrasé, han podido haberlos de tan buenos pero no mejores, fue un abnegado trabajador que se aferró a su terruño aun en las vicisitudes más adversas, aun que fuera poca la tierra que poseyera supo sacarle fruto, cuando los arboles se helaron en el devastador febrero del cincuenta y seis y la mayoría de cultivos se convirtieron en yermos, por que fueron abandonados por muchos agricultores que emigraron a las grandes ciudades para otras labores, él se resistió a marchar empeñándose en transformar los cultivos por otros más persistentes al frío, y donde fueran algarrobos centenarios de su migrada herencia, lo convirtió en un frondoso viñedo de charelo parellada y garnacha, se desvivía por la perfección del trabajo, sus fiestas dominicales eran pasearse entre las vides cuidando algunas plantas enfermizas por los ataques de mildiu, con azufre y sulfato de cobre como si velara la salud de aquel vergel que había creado. El padrino postrado en su lecho agonizante, quería recordarle a Juan en un momento todas las alegrías y desventuras que había experimentado en su larga vida, quería repetirle una vez más quizás la última, ayudado por la botella de oxígeno para superar los ataques de asma, sus batallitas de cómo cruzó el río Segre a nado envuelto de cadáveres bajo una lluvia de balas y metralla; como consiguiera salir del campo de concentración recogiendo sellos de correos para un capitán que los coleccionaba, o como burlaba las parejas de guardias civiles cuando lo perseguían en la época del estraperlo. El padrino no había tenido hijos, y se emocionaba recordándole a Juan el día en que éste nació, estaba trabajando en los arrozales del delta junto a su padre, y al llegar al pueblo el vecindario les gritaba: "ya tenéis un descendiente".

Estaba Juan muy alejado de los viñedos de su niñez, de las casas solariegas con portales de arco y patios nobles donde crecían frondosas higueras, estaba alejado del aroma penetrante de las calles en época de vendimia, del olor a mosto y azufre de las bodegas, de las cocas y toda la repostería otoñal que su madre elaborara, del gentío que lo deslumbrara por las fiestas de la vendimia, con sus Juegos Florales y los blancos vestidos de las damas de honor y la reina de las fiestas coronada, de la cobla en la tarima de la plaza con el trinar de las tenoras el tamboril y los fiscornos, de los grandes círculos de jóvenes y mayores dándose la mano y marcando contrapuntos de la sardana, los castillos humanos elevándose frente el ayuntamiento, los gigantes y cabezudos deslizándose entre los corrillos de la muchedumbre, el dragón de fuego ahuyentando la chiquillería entre la humareda de los petardos y el hedor a pólvora, estaba lejos del vino rancio que acompañaba la exquisita y tradicional pastelería, de las palanganas de ron quemado con aromas de menta y romero, del burbujear de los cavas caseros, estaba lejos en definitiva de todo aquello que un día pensó que le pertenecía.

El Bongo 1000 se personó cierto día, con el inconfundible traqueteo de hojalata y monsieur Doupond con el chofer irremplazable, monsieur Doupond tenía un Mercedes último modelo pero gustaba dar muestras de una austeridad irreal, solo sacaba del garaje el espléndido vehículo de importación en ocasiones solemnes, cuando el sumiso chofer se vestía de uniforme y la gorra de plato al estilo occidental, pero en esta ocasión como en todas las ordinarias el chofer vestido rutinariamente se quedó descargando los víveres y algunos utensilios necesarios para las prospecciones, y revisando los pormenores de la anciana furgoneta, pues tenía una maquinomanía en la perfección de todos los detalles, gracias a la constante atención y mimo nunca había fallado en el trayecto, revisaba aceites, el agua del radiador, engrasadores la batería y el combustible, todo con tal abnegación que ningún pediatra habría seguido con semejante celo el crecimiento de su propio hijo.

A monsieur Doupond le encantaba dar muestras supuestamente ficticias de camaradería entre los obreros bajo su tutela, y en las contadas ocasiones en que se había personado traía cerveza, tabaco y algunos bollos que seguramente preparaba su ama de llaves, y cambiaba impresiones sobre los adelantos de la obra con los trabajadores, gustaba por su refinamiento de hombre culto y mecenas en repartir frases agradables para todos, le agradaba infundir ánimos y coraje en la empresa aparentemente altruista, y cuando todos habían reemprendido su tarea después del pequeño refrigerio, revisaba acompañado por Juan y su hijo Ling los pormenores advenidos desde su última visita; en aquella ocasión se interesó más por la gran roca esférica y rugosa descubierta por Gnú, que por el túnel subterráneo o el funcionamiento hidráulico de la puerta principal, dijo creer que en aquella enorme bola todavía oculta podía estar el enigma de la destrucción de aquella fortaleza, o podía esconder el misterio que finalizó con aquel poblado o quizás el motivo por el cual se estableció allí aquella civilización, cuyos antecedentes no figuraban en los libros de historia actuales ni en ningún tratado antiguo que conociera, en su descubrimiento se podían despejar algunas dudas sobre su procedencia y su finalidad, la enorme esfera que solo afloraba el casquete superior presentaba cráteres de origen volcánico, como las rocas candentes que emanan de las erupciones, pero por sus dimensiones y la distancia de los montes Phu Miang parecía imposible que un volcán veinte siglos antes pudiera desplazarla al lugar donde se hallaba sentada.

Observó cautelosamente la entrada del orificio subterráneo pero sin introducirse mínimamente en él, y advirtió con la seguridad y rigidez de su voz: Esto es simplemente un túnel de salida, pero no se aventuren a penetrar en él sin un tanteo minucioso de las paredes y sin un seguimiento previo del trazado, pues podría tener diversas ramificaciones en su trayectoria, sería prudente, dijo mientras se apartaba de la boca en la superficie de mosaicos, que no arriesgaran esfuerzos en descubrir su interior, hasta que las excavaciones no hayan alcanzado la base en su totalidad.

Antes de abandonar el recinto, se quedó un momento contemplando desde el relieve que formaban las paredes exteriores y los montículos de tierra adosados, la inmensa sala de baldosas perfectamente conservadas formando dibujos de animales y filigranas florales entre ellas, con la imagen de Buda meditando en el pedestal central, y la recopilación de artilugios corroídos por óxido verde que presumiblemente integraban el sofisticado mecanismo de movimiento que accionaba la gran puerta de seguridad. Juan y Ling le acompañaron hasta la imperecedera gloria de las carreteras, mientras monsieur Doupond impartía los últimos consejos y advertencias.

Desde su última estancia en Udon Thani, Juan había descubierto la bollería de unos vietnamitas, que elaboraban bizcochos y tortas con harina de trigo, así también barras de pan por encargo, y desde entonces recibía cada dos días con el resto de víveres una barra de pan, que el chofer se encargaba en recogerle envuelta en una bolsa de plástico, para alternar con el irreemplazable arroz base de todas las comidas y alimento principal de oriente, y en cuanto la furgoneta se hubo alejado se dispuso a compartir con Ling unas anguilas que había condimentado adrede para mojar pan, como había visto cocinar a los ribereños del Delta del Ebro, con su buena picada de ajo y perejil i la ineludible guindilla, aunque Ling prefería comerse el caldo y las anguilas marrones, - con más características ópticas de reptiles que de peces – mojando el arroz al vapor, pues consideraba el pan un alimento de capricho poco consistente, y decía que a la hora de haber comido pan en lugar de arroz, volvía a tener hambre.

CAPITULO 9
EL RELATO.

Vivo sin vivir en mí, y muero por que no muero.

Santa Teresa de Jesús

Juan Marrasé, en la pesadumbre de la soledad que el destino le había deparado, solo reivindicaba el derecho en rehacer su vida, aunque se encontrara en la barrera que separa la juventud de la madurez se resistía en cruzar el umbral, temeroso del fatalismo que ello pudiera implicar, quizás sin darse cuenta ya había cruzado la línea divisoria que le imponía tanto respeto, pero procuraba mantener en su mente la convicción de que aún le estaba permitido alternar en ambientes supuestamente reservados para edades más cortas, solo en estas situaciones advertía su desfase, observaba el natural comportamiento de los adolescentes como un susurro en sus recuerdos ya muy distanciados, y sin darse cuenta dialogaba con tal paternalismo que marcaba comprensiblemente la diferencia de edades, pero se obstinaba en querer infundir una aparente imagen que sin advertirlo estaba fuera de lugar y de tiempo, tal vez porqué cuando tales actitudes hubiesen corroborado la normalidad, él hacía esfuerzos antagónicos por alcanzar el diálogo metafórico de sus mayores, quizás por que conoció una juventud llena de privaciones, que transcurrió su corta etapa de la infancia a una madurez inconcebida, que los filósofos románticos calificaban en edad de rosa, con tal rapidez que inadvirtió los positivismos de su estado metabólico, quizás se distanció precipitadamente del entorno natural que a su juventud le correspondía, en un esfuerzo por adquirir una precoz madurez que ahora lamentaba no poder retroceder, pero quería agarrarse a los quizás últimos impulsos de sangre caliente, como intentando paralizar el tiempo o que este transcurriera sin advertir sus canas, necesitaba recuperar la vitalidad para iniciar una nueva fase aunque fuera desde ópticas diferentes a las de antaño, y necesitaba mantener una actitud aparente que conjugara la cordura de la edad con el entusiasmo de un espíritu joven, aunque sin advertirlo caía muchas veces en el abismo de las contradicciones, y aunque ansiara mantener una actitud acorde con sus fantasías retrospectivas, su veterana mente le aconsejaba impulsos antagónicos, necesitaba cortar el cerco de la soledad que lo estaba oprimiendo alimentada por las persistentes sombras de su pasado, para redescubrir nuevamente las bellezas que la vida aún podía ofrecerle, era una pared gigantesca que debía saltar si quería encontrarse nuevamente a sí mismo, pero el peso de las raíces que arrastraba no le permitían incrementar la velocidad, raíces que no podía cortar de cuajo porqué le envolvían recuerdos felices, pero le urgía apresurar el salto si quería agarrarse a tiempo al tren de la vida. Juan Marrasé no creía tampoco en la juventud eterna que algunos ilusos y controvertidos espiritualistas han intentado alcanzar, ni en las fantasías novelescas que los grandes pendencieros han idealizado, prefería basarse en el pragmatismo real que las diferentes etapas del ser humano pueden ofrecer, precisamente por esto temía iniciar el descenso que marca el vértice del ángulo en el gráfico de la vida, estaba tan confuso en los logaritmos de su propia existencia, que se reprimía muchas veces de avanzar en terrenos que pudieran resultar pantanosos, temeroso que lo absorbieran las arenas movedizas de sus sombras persecutorias, entonces vertía sus esfuerzos en intentar borrar y olvidar las desgracias y sinsabores de su pretérito amoroso, y volcar el entusiasmo en forjar un futuro menos frágil, en arrebatarles a los maleficios del destino el espíritu fuerte y batallador que tuviera en otra época, en iniciar el curso de un nuevo río, y aunque solo fuera un afluente estuviera revestido de márgenes sólidos, y que manaran por él incesantes aguas menos turbulentas, creía no pedir en exceso a las fuerzas ancestrales que protegen y vigilan los seres vivientes, en sumisión extrema había aguardado durante mucho tiempo un desarrollo satisfactorio del gran manantial del río del amor, y pudo observar con la quietud de los años de espera, como las aguas de su cauce bajaban cada vez más turbias y embravecidas, hasta que se produjo el total desbordamiento; pero el hombre es un mamífero sociable que rehuye la soledad, y aunque tropiece repetidas veces en un mismo obstáculo, necesita de la convivencia para equilibrar la cordura de sus actos, por eso precisaba Juan del equilibrio emocional que podía ofrecerle una compañera en sus andanzas, una mujer con que compartir sentimientos penurias y alegrías, alguien dispuesto a transitar con él el pedregoso camino de la existencia, compartiendo baches y avatares que salieran a su paso, como también los rellanos pulidos y engalanados de alegrías y placeres, le urgía poner fin al aislamiento que le habían conducido los fantasmas persecutorios de su pasado, sumiéndole en una pesadilla y no acabase de despertar, como un largo sueño en que había estado inmerso, con sus delicias y desengaños, con sus entusiasmos e ilusiones frustradas, como si despertase de un estado de coma y las imágenes del pasado ofuscasen los objetivos futuros, andaba sobre el estrecho istmo que separaba un continente de recuerdos frente otro de ilusiones, pero a ambos lados de la estrecha pasarela, habían dos escarpados y profundos acantilados donde rompían las olas turbulentas y bravías de los recuerdos, arrebañándole la tierra del estrecho camino para impedirle que finalizase el trayecto. Debía mostrarse fuerte ante su espíritu vacilante, y no dejarse arrebatar el entusiasmo por las dentelladas depresivas de la añoranza, necesitaba alcanzar la plena estabilidad, el ilusionado terreno firme y sólido que se hallaba al alcance de su vista, pero distante de sus manos para poder asirlo, como un horizonte en el límpido océano y navegara en una balsa primitiva movida por el viento y las corrientes, y aunque se esforzara en alcanzarlo solo descubría el mismo horizonte a la misma distancia, sin ningún punto que alterara la línea de fusión entre el cielo y las aguas, debía luchar consigo mismo para que las corrientes de la depresión no lo arrastrasen al fondo, y necesitaba mantener sus fuerzas para agarrarse firme sobre los troncos de la esperanza y que estos le llevaran a la tierra soñada.

Juan Marrasé, había encontrado en la hija del señor Chong la mujer idealizada para proseguir el camino de la vida compartido, con la bendición y aval de monsieur Doupond formalizó la adquisición de su prometida, y fijaron fecha para la ceremonia. Se personó previo aviso un viernes al anochecer en el palafito familiar del señor Chong, a la hora que en los últimos resplandores del crepúsculo se dibujaba el humo en todos los hogares, a la hora en que las manadas de búfalos retrocedían de la sabana de juncos y arrozales camino de sus cercos y corrales, a la hora en que los niños eran lavados por sexta y última vez en aquel día, a la hora que grillos y ranas iniciaban al unísono su concierto vespertino, y a la hora idónea para que los enamorados vertieran sus requiebros en la penumbra de los portales. Se presentó con una caja de galletas envuelta delicadamente en celofán bajo el brazo, y un ramo de orquídeas azules que la madre depositaría después en el altarcillo del Buda familiar, todos inquietos esperaban ansiosos la visita, principalmente Pad que desde hacía dos meses no había recibido más que las cartas que semanalmente remitía, que solo hacían que incrementar en ambos el deseo de estar juntos, las hermanas habían engalanado la mesa y preparado platos extraordinarios para recibir el invitado, habían muslos de pollo rebozados siguiendo las recetas de revistas culinarias, había oreja de cerdo cortada a tiras y bañada en salsa de soja, había caldo de menudillos de ave con tallos de bambú y capullos de loto, habían láminas de huevo chino con las yemas negro verdosas por la maceración, y había vino de arroz de elaboración casera que solo preparaba la señora Deng en fiestas solemnes, todo lo imprescindible para compartir una velada que se presentía agradable, y sobre todo había la sonrisa armoniosa y complaciente en todos los rostros.

Los niños fueron los pioneros en indagar el contenido de la caja metálica con las galletas de importación, que el hermetismo había impedido que ranciara la manteca o se secasen en demasía, y glotones roían de todos los moldes por si variaba el sabor de la glucosa, mientras las hermanas echaban a suertes con extrema simpatía cual de ellas se quedaría con el recipiente cuando éste estuviera vacío; fue una cena íntima y familiar, concebida en parte para hablar de dinero, para fijar la cantidad que Juan debía aportar al señor Chong para que éste le entregara oficialmente la hija y corriera con todos los gastos de la ceremonia y los festejos.

En las comidas íntimas y familiares, en los banquetes y festines entre amigos, y en los hogares donde las costumbres consideradas de buenos modales, por las refinadas tendencias de los imperios colonizadores no se han introducido todavía, el eructo es considerado como un manifiesto acústico de agradecimiento y hartedad por parte del comensal, que los anfitriones comparten con sumo respeto y se sienten halagados, es la manera sencilla y explícita de manifestar los sentimientos cuando la comida ha sido buena y abundante, al tiempo que ahorra el diálogo en este concepto y las preguntas y explicaciones referentes a la buena condimentación y la sobriedad.

Toda la familia conocía la dificultad de Juan en flexionar las rodillas, y para sentarse cómodamente a su manera dispusieron una mesa circular con sillas a su entorno, para que no reincidiera en los quebrantos de anteriores ocasiones que habían comido en la tradicional tarima sentados en posición de loto, y ostentando los diferentes niveles que marcaban los desiguales estrados, y Juan recurría a recodarse en la pared procurando estirar las piernas hacia una dirección desocupada. El señor Chong hablaba eufórico, con los ojos rojizos chispeantes por la cerveza y el vino de arroz, era un vino joven pero bien fermentado, de sabor dulzón para los entendidos, que pasaba sin agarrarse a la garganta y dejaba en la boca un sabor agradecido, pero que surgía rápido el efecto del alcohol, y una embriaguez en demasía podía producir fuertes dolores de cabeza, y un trastorno emocional en el carácter, pero en el señor Chong le producía una alteración del ánimo con unas ansias desenfrenadas de capitalizar el diálogo, y colgarse medallas ciertas o imaginarias sobre sus negocios, y hablaba con tanto énfasis como si realmente fuera un magnánimo pionero de la venta ambulante, o el inventor de un sofisticado producto que la clientela de ciudades y plazas donde instalaba su tenderete le arrebatara de las manos, la mujer y las hijas escuchaban con respetuoso silencio sin interrumpir el monólogo que mostraban estar acostumbradas, mientras se desvanecían en bostezos y alguna risa aislada cuando propiciaba alguna anécdota irónica o renovada, pero no interferían ni indagaban sobre la veracidad de los relatos, y cuanto más empinaba el vaso de aquel vino meloso, de tonos apagados con algún grano suelto de arroz todavía sin descomponer, más deseos tenía de referir hazañas que hubiesen sorprendido al más agnóstico.

El señor Chong aún en su embriaguez, conservaba una lucidez excepcional para hablar de negocios, era el plato postrero que motivó el festín, y las hijas y los nietos se retiraron sin comentario alguno como los mosquitos ahuyentados por el hedor a azufre de las bodegas, cuando dio indicios de iniciar la materia reservada; solo la mujer y la hija aludida permanecieron sentadas fingiendo estar distraídas y ajenas al diálogo principal, diálogo escueto aunque no breve, por que ambos sabían la cifra fijada, pero antes de pronunciar la cantidad el señor Chong se enmarañó en rodeos que alargó una hora más el ya dilatado preludio, se sumergió en una pesadumbre protectora y una fingida tristeza de que su hija abandonara la casa, era una obra teatral interpretada magistralmente que el protagonista principal tenía bien ensayada, para restarle importancia al dinero que Juan debía pagar para compensar según la tradición la crianza de su elegida.

Concluido el tratado ya no quedaban fuerzas para celebraciones, aunque los deseos por compartir el satisfactorio acuerdo y brindar por todo lo acontecido, hubiese hecho vibrar a todos los presentes unas horas antes, ahora el cansancio y el sueño les había recluido en un estado de letargo que les impedía sentir realmente el motivo de la cena y la tertulia de la sobremesa, entre aturdidos por el alcohol y ausentes por el cansancio se retiraron todos, confiados en que la luz del próximo día sería más propicia para exclamar con más fervor lo acontecido.

En el reino del Siam pedir no infringe ninguna regla, aunque una metáfora mezquina diga que ante el vicio de pedir está la virtud de no dar, pero transitando por la acera de cualquier ciudad te pueden llegar a atosigar entre mendigos, limosneros, lisiados y huérfanos, que los más audaces son capaces de sacarse un substancioso sueldo, de hasta cinco veces mayor que cualquier trabajador asalariado. Los jóvenes iniciados huérfanos o no, presionan, persiguen y estiran las ropas insistentemente de los transeúntes, y aunque las autoridades aconsejan que se haga caso omiso a su insistencia, dramatizan tanto las escenas que casi siempre consiguen sus propósitos; los lisiados mutilados o tarados, son el ejemplo clásico capaz de conmover los sentimientos de los más reacios, algunos se acompañan de artilugios musicales y susurran canciones, otros golpean incesantemente su botecito metálico en el pavimento haciendo notar su presencia, pero todos exigiendo una moneda con que combatir el hambre; los ancianos limosneros enternecen con su desamparo, pues en Tailandia existen pocos asilos en que asistirlos y las pensiones son privilegio de los funcionarios, y muchos olvidados de los hijos y sucumbiendo a una vida miserable, se ven arrastrados a la ingrata necesidad de pedir para subsistir en su miseria y abandono. Pero algunos que iniciaron este trabajo muchos años antes tienen acumuladas pequeñas fortunas, y sus allegados les animan en seguir su tarea procurando que no muera la gallina de los huevos de oro, son estos los más curiosos los llamados mendigos profesionales, son metódicos y calculadores, malabaristas de la artimaña que recorren las ciudades importantes ejerciendo su arte, tienen sus días de suerte como en el juego, pero en sus buenas rachas consiguen hasta dos mil bhats diarios, lo

217

equivalente al sueldo de quince días de un obrero no cualificado, estos mendigos no tienen nada que envidiar a los truhanes hispanos artífices de la picaresca, conocen el pasteleo, el engrase, y toda variedad de timos como si estuviesen diplomados en una academia de arte para este género. A Juan le recordaba su época de estudiante, que tropezó mientras desayunaba su monótono bocadillo de tortilla en la cantina del instituto, con un limosnero de estas características, el hombre entrado en años llevaba una pata de palo y se acompañaba de dos muletas de madera rústica talladas artesanalmente, iba mendigando en el porche donde los estudiantes acurrucados entorno las diminutas mesas compartían sus cafés con leche, sus bocadillos de queso o sobrasada, y la gran botella de agua común para controlar el gasto, cada día daba el sablazo a los incautos de turno instigando con frases conmovedoras y en tono lastimero, luego se instalaba en una amplia mesa del interior mientras los alevines volvían a las aulas, allí se hacía servir chuletas de cordero o bistec de ternera con sus huevos fritos y una buena guarnición, su botella de vino peleón, café corto, copa de brandy añejo y una faria gallega para digerir la bacanal, luego compraba un décimo de lotería que hubiera expuesta en la barra para el profesorado, y decía a los estudiantes rezagados que roían apresurados los últimos mendrugos aceitosos dentro la bolsa de plástico: "Si me toca os compraré un coche", y repetía la promesa diariamente, aunque coincidiendo con diferentes jóvenes, hasta que un día la suerte coincidió con su boleto y el hombre dejó de asistir al instituto durante la hora de descanso escolar, pero no abandonó su empleo bien remunerado sino que cambió de plaza en que vender su desgracia, luego supieron por los indagadores que no le dieron importancia hasta entonces, que el hombre era un mutilado de guerra, que cobraba una respetable pensión, y que poseía varios pisos de propiedad que su mujer se encargaba del cobro personalmente el primer día de cada mes, y que ejercía el trabajo de mendigar como una profesión que le proporcionaba un salario extraordinario. Estos estilos de picaresca fomentada por los hidalgos de la vagancia, hacían memorizar a Juan un aposentado, astuto y bribón de su ciudad, que capeaba las leyes como un profesional de la tauromaquia, y cuando intentaban acosarle siempre encontraba un burladero, pues aunque con los años había recibido alguna cornada, las astas del toro de la justicia nunca le habían cogido de pleno. Antonio Fuentes "El Rubio", que era natural de la legendaria ciudad cantonal de Cartagena, había trabajado en sus años mozos en las minas de hulla de La Unión, y aterrizó andrajoso a rematar la faena de barrenero en una cantera catalana, allí consiguió un buen amigo, médico de la empresa y compañero de bingo y timbas privadas, que diagnosticara su silicosis en tercer grado, y certificara su invalidez total para ejercer trabajos que desprendieran residuos tóxicos, así consiguió una buena pensión a cargo de la Seguridad Social, la estafeta de correos y una administración de loterías que regentaba su cónyuge legal, que con quince años que llevaban casados, hacía tres lustros que pronosticaba su pronta viudedad, por lo que nadie se atrevía a poner en tela de juicio la legalidad en que le fueran concedidas las dependencias oficiales. Mientras el veterano muletillero más sano que un roble, empezaba ya a estar realmente intoxicado pero era por los locales cerrados que frecuentaba, burdeles, casinos, bingos, timbas nocturnas privadas, y todas las máquinas tragaperras de los bares que controlaba minuciosamente, y para colmo la suerte le acompañaba, rara era la noche que no saliera agraciado con algún pleno en la ruleta o no se le oyera la voz de bingo, entonces decía a los acompañantes con voz mezcla de orgullo y vanidad: Ya puedo irme, he ganado el sueldo de un desgraciado barrenero.

Los días festivos marcados para el descanso semanal son el sábado y el domingo como en el resto del mundo, para los seres que se ciñen a un horario convencional ya establecido para ganar el sustento, pero el día dedicado realmente a gozar y compartir de la paz espiritual está marcado por las fases lunares, y puede coincidir en cualquier día de la semana, es la jornada idónea para acudir a los templos, y sentirse agraciado por compartir los alimentos con los monjes, de participar en los salmos y de obtener su bendición, el día parece más claro e iluminado, y en el revolotear distante de las cometas que los niños manejan, se puede observar en sus diferentes formas y diseños, mientras se balancean dominadas por las corrientes eólicas, el magnetismo que influye sobre el universo este día; liberando unos pajarillos de sus jaulas en los portales o escalinatas de los sacros lugares, y observarlos ausentarse en su aletear jocoso por verse libres, se siente un descanso interior extraordinario por creerse liberador de unos seres cautivos, pues aunque diminutos e insignificantes estaban oprimidos entre unas rejas de alambre; soltando unos peces o unos caracoles, o una humilde y lenta tortuga en una charca o un riachuelo, se percibe el agradecimiento de las fuerzas naturales por participar en la sagrada tarea de la procreación, de saber que aquellos fibios desovarán algún día entre las raíces de loto y jacintos de agua y evolucionará su especie, o que los babosos hermafroditas seguirán royendo los hierbajos de las riberas de juncos y cañaverales poniendo huevecillos minúsculos en sus nidos perforados en el fango, o que el simpático galápago encontrará compañía con quien compartir su bagar, y llenará los remansos y acequias de graciosas tortuguitas. Es todo tan lógico y relativo como primitivo e inocente, pero ayuda a extorsionar los virus de maldad que circulan por las venas del género humano, conceptos que coinciden en nominar todas las religiones entre el bien y el mal, aunque la elasticidad de estos conceptos o antítesis está en el interior de cada ser individualmente. Este día no se sacrifican mamíferos para el consumo, pero se consumen los sacrificados el día anterior y aumentan su precio el pescado y las aves, quien está infligiendo pues las leyes divinas: el que come del puerco por que su economía no le permite dispendios en pescados o caldos de gallina este día, el mercader que apura los restos de cerdo o novillo del día anterior, o el tendero que incrementa la tasa de los pescados y aves, nadie se puede erigir en juez salomónico ante un concepto general de la virtud o el pecado, pues todos han obrado dictados por su propia conciencia tan ambigua y desigual en cada hombre, y solo ella limitará en cada individuo donde termina el bien y empieza el mal.

Este día los creyentes practicantes vestían de sus mejores prendas, las mujeres ataviadas de lujosos saris lucían muy temprano el colorido de las sedas corriendo a proveherse en los mercados, y condimentando verduras y pastelitos que envolvían en hojas de banano, y regocijándose de alegría mientras caminaban hacia los templos, allí repartían en diferentes recipientes el contenido de las ollas, las verduras y las frutas, los dulces y las bebidas, que los hombres ofrecen a los monjes en bandejas siguiendo un orden cronológico desde los más ancianos y principales, bendecían los alimentos y rezaban los salmos de agradecimiento al Iluminado, terminando el oficio se vertía agua bendecida en un pequeño recipiente individual que lleno de fe, simbolismo y tradición se derramaba al salir del templo en el tronco de algún árbol mientras formulaban oraciones y plegarias, y el árbol robustecía y adquiría poderes sobrenaturales para velar y concederles las peticiones formuladas.

CAPITULO 10
LOS SUEÑOS

El glotular de las cornejas y el chirriar de las cigarras marcaban el cambio estacional y el cese de las persistentes tormentas, más propicio para avanzar el ritmo de las excavaciones alentadas en época monzónica, que las convirtió en un aljibe perenne, donde el esfuerzo constante por achicarlo fue baldío o escasamente provechoso. Juan había dispuesto siguiendo las instrucciones de monsieur Doupond, que los cuatro hombres encargados de realizar las tareas se dedicasen plenamente en descubrir la inmensa mole esférica que Gnú y Meu estaban excavando desde hacía un tiempo, paralizando momentáneamente los trabajos en las otras áreas, así que Yung y Chang pasaron a incorporarse al equipo del ala noroeste, no sin el murmurar de Gnú entre dientes y de forma ininteligible, que no gustaba de trabajar con Chang, pues aunque no le molestaban sus eructos y ventosidades, lo consideraba un vago y retraído para la labor de equipo. Yung por el contrario era considerado un abnegado y voluntarioso trabajador, que prefería esforzarse antes de pedir colaboración ante cualquier obstáculo, no le pesaban las carnes como a Chang, y aunque los años hacían mella en su vesícula, conservaba la textura musculosa de un púgil ligero que no hubiese cesado de hacer deporte, Meu por el contrario se mostró satisfecho de tener colaboración, y de tener alguien con quien dialogar y compartir sus relatos de amoríos marineros, que con Gnú no conseguía arrancarle ningún interés y el monólogo llegaba a aburrirle a si mismo.

Al hombre de montaña o interior le cuesta adaptarse al mar y sus costumbres, no en balde el peor calificativo que un hombre de mar puede decir a otro de manera despectiva es "payes", el hombre hecho a la solidez de tierra firme, vacila y teme de la inseguridad y el balanceo de las olas; pero el hombre criado en el mar, que solo conoce las costumbres marineras, encuentra su seguridad precisamente en este balanceo, y solo en el interior de la borda se encuentra protegido, y solo conoce las artes de defensa y subsistencia en el reducto de una embarcación como en el caso de Meu, cuesta mucho más adaptarse a las costumbres del interior, en las altitudes se marea como le ocurriera a Meu en un principio, y mira su entorno con la desconfianza y el pavor de lo desconocido, ejerce su trabajo ausente a la finalidad de este, y las tareas le resultan mucho más difíciles y pesadas. El hombre de mar no mira nunca tierra a dentro, hasta en los días de tormenta que por fuerza imperiosa se ve recluido en tierra, su vista reposa sobre el horizonte de las aguas imaginando su mundo sumergido, con la misma obsesión que un hortelano ve en crecer sus plantas, con una remarcable diferencia, el pescador ve las verduras, frutas y todo cuanto de la tierra emana con una sutil indiferencia, mientras el campesino observa los productos del mar con sublime delicadeza y respeto por un manjar emanado de otros lares que él desconoce.

Meu era uno de tantos hombres que por circunstancias imperiosas había tenido que cambiar de hábitat, que con el tiempo se había adaptado al nuevo entorno, pero que sus recuerdos y añoranzas radicaban en lo mismo "el mar", de él vivían sus sueños y mantenía vivas sus ilusiones de algún día volver a él, del hombre de mar se pueden decir muchas cosas, algunas ciertas e infinidad de imaginarias, se le puede achacar que es libertino, jugador, bebedor y mujeriego, pero en ningún caso se puede decir de él que sea mal compañero, pues acostumbrado está a vivir en comunidad, en compartir alegrías y desgracias, en sentir la necesidad de proteger al prójimo y sentirse a la vez protegido por él, en el compañerismo que impone el reducto de una barca cuando al exterior de la borda y el costillar todo es agua, quizás la mar sea la mejor maestra para aprender a vivir en común, por este concepto Meu era bien acogido por todos, aunque no ejerciera el trabajo con la profesionalidad de otro más versado en tales tareas, era digna de aprecio su voluntariedad, su empeño en aprender y perfeccionar el menor detalle, y su preocupación por ejercer la labor sin riesgos para él ni para sus compañeros, era hablador en avaricia, por lo que Gnú decía de él que comía ranas, pero aunque repetidas no eran pesadas sus historietas, ni lúgubres como los relatos de Chang, gustaba en relatar sus aventuras marineras por que era lo que añoraba y para hacer el trabajo ausente del tiempo y el reloj, ahora coincidiendo en el tajo con otro rival de la narrativa existía la preocupación en mente de todos, quien capitalizaría el monólogo, y si en la fluencia verbal predominarían secuencias de terror o lances de cama, o si rivalizarían a tal extremo de convertir la fosa rectangular que estaban excavando en el escenario de un concurso de narrativa permanente. A Juan le atraían más las secuencias que narraba Meu sobre temas costeños, quizás porqué le recordaba también a él su época pasada, y memorizaba de sus buenos guisos tan ausentes ahora, la caldereta de langosta menorquina, las gambas de la Costa Brava, los langostinos del golfo de San Jorge... pero también le roía el gusanillo de la curiosidad, cuando Chang contaba con su morbosidad innata macabros relatos de muertos, espíritus, desaparecidos, fantasmas y fenómenos insólitos; Chang con su corpórea obesidad, la papada rechoncha de pelícano, su caída de ojos entre los pómulos abultados y las voluminosas bolsas que formaban sus párpados, tenía la faz característica para hacer creíbles sus relatos, ponía un rostro tierno cuando narraba, y sin arrancar ninguna sonrisa de sus abultados labios, su voz trémula y pausada penetraba en los tímpanos con una mezcla de estupor y escalofrío, fue él quién rompió el silencio mantenido durante el primer día por ambos competidores, quizás porqué su opulento estómago no pudo soportar por más tiempo la quietud sepulcral que se respiraba en el ambiente, solo alterada por el rasgar de las paletas y los golpecillos flojos y diluidos de las picotas, que hacían que el sol se sentara con más aplomo sobre sus cabezas, hasta las espuertas de tierra parecían ser transportadas y filtradas en el cedazo con absoluto silencio. Aprovechó un momento de reposo matinal para iniciar como quien no tiene ganas y cuesta en arrancar las palabras, pero que arrancó la carcajada a los presentes porqué todos suponían que su decisión correspondía a muchas horas de ensayo y premeditación, el único que mantuvo el rostro erguido fue Meu quizás por que le arrebató la baza.

Chang narró un relato que su abuela le había contado siendo niño, su abuela materna según él decía vivía en una choza en el bosque, en compañía de una camada de lagartos que acariciaba y daba de comer como si fuesen gatos o perros domesticados, a la vez que estos ahuyentaban los roedores y culebras y mantenían la estancia limpia de insectos. Había un leñador cuando ella era joven que tenía la choza y las carboneras en un despoblado de la arboleda donde ella vivía, moraba solo en compañía de unos lagartos dóciles y cariñosos para los conocidos, a la vez que agresivos y violentos para los ajenos al lugar, el leñador les hablaba y ellos yacían a su entorno escuchando sus consejos y advertencias con suma atención, preparaba los nidos para los huevos y las crías, los acercaba a la lumbre cuando la lluvia y el frío arreciaban, y les proporcionaba cigarras y saltamontes cuando el tiempo les recluía excesivamente en el hogar; el leñador dedicaba largas horas en contemplar sus animales mientras las carboneras humeaban, estaba obsesionado en la vida que llevaban sus lagartos, de los tonos verdosos de su piel, de los destellos violáceos y encarnados que producían sus escamas con la luz solar, de la gracia de sus andares, del movimiento de su cola y el charrasqueo de celo, de su canto sereno y puntual en la nocturnidad, pero sobre todo estaba enamorado de la facilidad con que remontaban los obstáculos, de la agilidad con que subían las paredes y los árboles, de los saltos con que apresaban su alimento, de la perfección con que cazaban su presa en pleno vuelo y caían nuevamente sobre sus patas manteniendo un perfecto equilibrio y sin deslizarse aún en las paredes más lisas y perpendiculares. Vivía ofuscado con asemejar el comportamiento de sus pequeños saurios, rogaba, imploraba y pedía a las fuerzas del más allá, que le concedieran la posibilidad de algún día parecerse a ellos, adoptó la costumbre de incluir los mismos alimentos que sus animales en su dieta, de moverse el máximo tiempo posible a rastras o a cuatro patas, incorporándose solamente por motivos imperiosos, cuando alguien o algo irrumpía en su terreno sus escamosos reptiles lo ahuyentaban, con sus voces terroríficas mezcla de ladrido de buldog y gruñido de pantera que él imitaba a la perfección, subía a los árboles moldeando su cuerpo y adaptándolo a sus formas, y permanecía agarrado en el tronco al acecho de las pequeñas presas que roía y masticaba con repugnante babosidad. La última vez que los lagartos permitieron a la abuela acercarse a la cabaña del leñador, ésta lo encontró metido en un escamoso pellejo que lo envolvía, unas escamas grandes y oscuras que desprendían una fetidez de putrefacción en su estado metamorfósico, gruñía como un puerco degollado, y en las escasas voces sueltas que conseguía arrancar de su garganta con similitud humana, le dijo que era muy feliz, que estaba consiguiendo realizar el sueño de su vida, y que para su seguridad no volviera por aquel entorno, pues eran escasas las hebras de memoria que mantenía de su anterior estado, y solo le envolvían las ansias feroces de agredir todo ser inferior que se moviese ante él. Veinte años más tarde, unos cazadores de simios y animales para zoos encontraron en una frondosa hondonada cerca de un manantial un enorme lagarto muerto, en su interior había el esqueleto de un hombre, que dedujeron había sido tragado por el enorme reptil, único en su especie según dijeron los que lo observaron pues no correspondía a ninguna especie conocida, y decidieron enterrarlo para evitarse problemas aun que fuera un superviviente de los enormes saurios que moraron en la era terciaria, pues aunque pudiera ser un descubrimiento científico de gran interés acarrearía problemas que no tenían previstos, y posibles dificultades legales para esclarecer a quién pertenecía el esqueleto humano de su interior, aun qué mi abuela decía Chang supo siempre que aquel cuerpo pertenecía al leñador que había conseguido su sueño. Los cazadores conscientes que su trabajo consistía en cazar animales vivos no vieron motivos para arrastrar una carga innecesaria, lo que si organizaron sin éxito fue varias batidas en aquella zona selvática inexplorada intentando descubrir otro espécimen, pero tuvieron que desistir en vista del fracaso y pérdida de tiempo. También discreparon en darle un nombre los descubridores, pero creyeron que esto era más una labor de los científicos que tal vez ya lo tenían encasillado en los grupos primitivos que correspondiera, lo que si bautizaron el yacimiento acuífero con el nombre de manantial del lagarto muerto.

Sólo la abuela conocía la verdad, solo la abuela sabía que aquel lagarto era el leñador, y quería llevarse el secreto a la tumba pero ya anciana relató el episodio a su nieto, y le contó muchas cosas sobre los lagartos, de los sonidos que transmiten a gran distancia cuando se ven en peligro que la recepción del oído humano es incapaz de captar, le dijo que había intentado sin éxito imitar la hazaña del leñador, pero quizás no había puesto suficiente empeño y concentración y los espíritus de los lagartos no la habían aceptado, por esto no había experimentado ninguna metamorfosis, aunque sí una gran captación de entendimiento en su vocabulario y una aproximación en sus sentidos extrasensoriales, dijo que cuando muriese no la incinerasen siguiendo la tradición, pues temía enormemente al fuego como elemento aniquilador de los saurios, quería que observasen sus descendientes el comportamiento de aquellos pequeños animales que ella de alguna manera había amamantado, y comprobasen si su cuerpo sin vida adquiría otras formas, pues su espíritu podía conseguir lo que su cuerpo no había logrado.

Cuando le llegó su hora, intentó su hija la madre de Chang, complacer sus deseos póstumos, y mantuvo durante veinticinco días el cuerpo inerte en una habitación en compañía de su camada de lagartos, pero el hedor que emanaba por la descomposición y putrefacción de la carne era insoportable, el moscámen persistente y los roedores se adueñaron de la casucha, aún con la estrecha vigilancia de los saurios que mantuvieron su fidelidad póstuma, consiguieron perforar el cuerpo e introducirse en el interior de las vísceras que al explosionar salpicaban las paredes de un fétido jugo amarronado, las hienas y otros mamíferos carroñeros rondaban durante la noche alrededor de la choza hurgando para entrar. Entonces su hija, la madre de Chang, decidió no visitar más aquella chabola engullida en el bosque, y dejar que fuera el mausoleo natural de su difunta madre.

La soledad puede ser un castigo divino, o una situación que el genero humano se ha creado en un proceso de trance depresivo, pero estos no fueron en ningún caso el estado que produjo un sentimiento de soledad para Juan Marrasé, se había aislado del entorno natural de los suyos, de las amistades de antaño, de sus costumbres más arraigadas, de los seres queridos y de los con quien guardaban una aversión recíproca manifiesta, de los compañeros que compartieron la misma brecha bajo un mismo estandarte con fines paralelos, de los abnegados espadachines de la política que como él se apearon en el camino, de las cosas que amaba y había amado siempre, alentadoras o adversas pero sus cosas en definitiva, cosas que sentía como propias, como el componente lógico e inalterable de su propia existencia. Pero no era motivo para sentirse solo, quizás en los primeros momentos pudo suponer una alteración de sus costumbres, un giro de ciento ochenta grados en la trayectoria de su vida, un esfuerzo titánico en la adaptación a su nuevo entorno, pero ahora ya hacía de su existencia una circunstancia lógica de su nueva vida, nada ni nadie le suponía extraño o ajeno a aquel hábitat que le rodeaba, había sabido adaptarse con todos los pros y los contras que aquella vida aparentemente sedentaria tendría para los neófitos, había aprendido mucho más de lo que en otro tiempo podía saber sobre el comportamiento humano, había adquirido unos conocimientos tan grandes como simples sobre el respeto hacia lo ajeno que nunca en occidente hubiese sido capaz de asimilar, pero había hallado mucho más en este esfuerzo por aprender las reglas de las leyes naturales o Divinas, había encontrado la paz en su interior, el estímulo que produce encontrarse a uno mismo, de sentirse grande en el interior de su insignificancia, por eso había ahuyentado los sedimentos de soledad que lo envolvieran en horas bajas, y habían renacido nuevas amistades, no sabía si más perdurables aunque aparentaban más desinteresadas, volvió a sentir su entorno como propio, hizo suyas las costumbres existentes, y volvió a compartir inquietudes para fines comunes.

Juan Marrasé además quería estabilizarse emocionalmente, el día en que el señor Chong lo presentó a sus familiares y amistades más íntimas como futuro marido de su hija, no pudo contener las lágrimas de emoción, se sentía feliz después de mucho tiempo, de que lo considerasen uno más de la casa, de que lo aceptasen tal como era, un obrero occidental en el sudeste asiático, de que no tuviesen en cuenta su condición de asalariado, de que no pusieran obstáculos y lo considerasen un intruso de otra raza. No pudo impedir que las lágrimas le empañasen los ojos, que el pecho contraído le doliese intentando contener la exteriorización de su emoción, se sentía feliz y además no se sentía solo, había conseguido formar parte nuevamente de una familia, sin más aportación que su bondad afectiva y desinteresada hacia aquellas personas, hacia sus vidas y sus inquietudes que compartía como suyas, ya se había contagiado de aquella alegría y vibraban en sus sentimientos las mismas sensaciones. Nadie, ni los más foráneos que apenas sabían de él, sino por referencias explícitas para la ocasión, dudaron en considerarle un hombre honrado, creyente y cabal para convertirse en padre de familia, condiciones indispensables para obtener el beneplácito de los más ancianos consejeros, solo eran tres los años que llevaba viviendo en aquél país, y se había integrado a sus costumbres, a su forma de vida y a su idiosincrasia, como si toda su vida hubiese transcurrido entre palafitos y arrozales, con márgenes de tierra sombreados por palmeras y cañaverales, ya se había persuadido de sus dudas que en un principio lo tuvieran obsesionado, dudando si resistiría adaptarse a un mundo totalmente diferente, a un idioma difícilmente inteligible, a un tipo de comida peculiar y exageradamente picante, a un sedentarismo acorde con la relajación que produce el aroma a incienso de los templos, al hedor de callejas y mercados, a la insoportable persistencia de los agresivos mosquitos, y a un sol abrasador solo alterado por las aguas torrenciales de los monzones. Pero había superado todas las pruebas y además con una nota de sobresaliente, por eso se sentía satisfecho, y no podía impedir que las lágrimas le empañasen los ojos, cuando el señor Chong lo presentó a sus amistades y familiares como su futuro yerno.

A medida que avanzaba la profundización entorno la esfera rocosa, se manifestaba más real la teoría que al azar y sin conocimientos geológicos apuntó Meu en un principio, quedaban prácticamente descartadas todas las otras hipótesis sobre la procedencia de la enorme piedra, por su solidez, su enclave y sus rasgos faciales, ya podía deducirse que estaban ante un meteorito, una esfera de diez metros de diámetro que podía ser el enigma de la destrucción de aquella fortaleza bimilenaria, ahora se barajaban dos dilemas por los cuales era preciso proseguir las excavaciones hasta su base, pudo haberse erigido el poblado entorno la enorme roca presumiblemente extraterrestre, por lo que la destrucción de la insigne fortaleza hubiese sido posterior producida por otras circunstancias como la guerra o una peste asoladora, como tantas ciudades florecientes de la antigüedad, o por el contrario que la destrucción de aquel pequeño reino anónimo y arcaico hubiese sido a consecuencia del impacto de aquella mole de silicato, las dos teorías podían ser ciertas, pero en cada hipótesis incurrían unas circunstancias muy diferentes de las otras, ciñéndose en la tesis de que el supuesto aerolito hubiese sido el causante de la destrucción, cabría la esperanza de que sus tesoros estuviesen más intactos aunque se hallasen en el subsuelo del edificio, por lo contrario si su final había sido consecuencia de una guerra u otra calamidad, cabría esperar que sus asaltantes o los supervivientes hubiesen arrebatado el botín todo o en parte. Confiaban encontrar una respuesta en la base de la roca, en la tierra calcinada de su entorno, en el oculto suelo de lo que fuera la fortificación, en la cavidad que produjera el impacto. Pero para emitir un veredicto deberían seguir cavando.

CAPITULO 11
LA ACEPTACION

La mañana en que apareció el chaman con su ayudante en la casa, había amanecido un cielo totalmente despejado, se presentía la monotonía de la sequedad y el calor, por eso las mujeres se aprestaron en sus quehaceres rutinarios, en las labores que conlleva el acondicionamiento de un hogar que se precie de pulcro o bien aseado. El ayudante del chaman, mezcla de lazarillo y alumno, era quien recogía los obsequios, los alimentos, las bebidas y el sobre con unos cuantos bhats, pues el maestro no aceptaba en la mano ninguna ofrenda de las personas que atendía o aconsejaba.

El señor Chong quiso consultar con el vidente, que futuro le deparaba a la joven pareja y cual sería el porvenir de la familia en años venideros. Una vez preparado el místico para el ritual, entre las hojas de banano, un bol de aluminio ornamental muy trabajado y repleto de arroz, un cuenco de arcilla con agua de lluvia, un manojo de cordoncillo de algodón trenzado y otros elementos de rigor, hizo el interrogatorio preliminar, fecha de nacimiento hora y lugar, para desarrollar con gran misticismo tras las oraciones y la concentración, un esquema oralmente simplificado de lo que denominan una carta astral. El chaman, el anciano sabio e inteligente chaman, dijo al padre aquello que quería oír, que Juan Marrasé el extranjero futuro marido de su hija, había tenido mucho dinero y que se le había ido de las manos con mucha facilidad, pero volvería a regocijarse en la abundancia aun que solo una vez más en la vida le llegaría a manos llenas esta oportunidad, pues debían ser cautos en preservar esta riqueza venidera, pues otra ocasión no aparecería nunca más, aunque tampoco les faltaría a la joven pareja para comer, dijo al señor Chong que su hija estaba embarazada aunque no se podía apreciar ópticamente su preñez, y que en su entrañas estaba creciendo un niño, y tal como creciese aquel nonato retoño crecería la economía de los padres, que la pareja tendría algún altibajo pero llegarían juntos a la vejez, en definitiva predijo al señor Chong todos los augurios que anhelaba escuchar, menos el embarazo de su hija que ignoraba.

Después de compartir el almuerzo con tan ilustre invitado, solo le quedaba al señor Chong felicitarse a si mismo, por la sabia decisión de haber presentado a Juan a sus familiares y allegados como futuro marido de su hija, y bendecir a la pareja dando el hecho como ya consumado, y dejarse llevar por la emoción en aquella mezcla de sueño y fantasía en que estaba inmerso. Pero en sus metáforas simplistas escondía algún temor entre sus fantasías, intentaba allanar el camino y facilitar a Juan Marrasé que se llevase su hija, pues no era una simple boca que alimentar, era otro estómago a quien atender ante el preámbulo manifiesto de su preñez, vaticinio que aumentaría la prole bajo su protección.

No era cuestión de si el chaman había atinado en sus predicciones, ni de hacer cábalas sobre si la pareja alcanzaría obtener la fortuna predicha, ni de indagar en que basaba el santón su premonición, era preferible hacer volar la fantasía y hacerse partícipe de ella, un sueño implícito que cualquier padre debe albergar para sus descendientes y más si oponerse puede acarrearle un lastre de dispendios imprevisibles.

Por eso sentado bajo el frondoso árbol del pan de amplio hojambre, compartía el satisfecho padre un buen vino de arroz bien fermentado y catalizado con sus amistades llegadas para el evento, como todo progenitor deseaba lo mejor para sus retoños, y esta nueva satisfacía plenamente sus deseos. Sobre sus cabezas colgaban los frutos prendidos del tronco en forma decreciente en dirección al ramaje, como un árbol genealógico marcando las edades, y junto la fina corteza de aquél agradecido tallo, reían y sorbían del caldo espiritoso y seco de idónea maceración, las fugaces y curiosas amistades del vecindario compartiendo la alegría de los padres, a la sombra del magnífico árbol que cobijaba una enorme mesa de cemento y dos bancos del mismo material, y compartiendo el blanco licor que iban extrayendo con un cazo de la tinaja de barro. Juan Marrasé mientras complacía a los allegados con alguna sonrisa esporádica para complacer las carcajadas de sus chistes, que él solo entendía a medias y no le producían la misma reacción o en todo caso más tardía, se ausentaba pensando en aquel gran árbol que los navegantes dieron en llamarle árbol del pan, que por el tamaño y la forma del fruto hicieron bien en darle este nombre, pero actualmente que los panaderos, estos artesanos que moldean la harina de trigo con agua, sal y levadura, han ido reduciendo los tamaños y las formas, para que el ama de casa esté condicionada a adquirir diariamente la barra de doscientos gramos, ya no guardaba ninguna relación, aun qué pensó Juan que podían haberle dado el ostentoso nombre por lo agradecidos que suelen ser estos árboles, pues un fruto de cuatro, cinco o siete quilos y de sabor tan agradable, era suficiente para paliar el hambre de una familia o de una tripulación en pretéritos casos, y más generoso aún cuando la maduración procede de forma escalonada durante un largo periodo de tiempo; embelesado en el brillante verdor que lo tenía absorto y sin alejarse del vasto protocolo, Juan iba observando con cuanta paciencia y maestría habían recubierto los frutos más grandes con unos cestitos de palma hechos sobre la misma pieza, como un traje hecho a medida en el taller de un sastre para que el aire no los tumbase con el balanceo, Juan meditabundo y algo ebrio por el jolgorio y el sopor producido por el vino de arroz, sacaba conjeturas sin llegar a ninguna conclusión concreta, la mesa de cemento entorno al tronco era evidente que fue instalada posteriormente al crecimiento del árbol, pero y la casa se habría construido a resguardo del árbol como buen presagio, o habrían plantado el majestuoso artocárpeo a recaudo salvaguardándolo de los monzones, pero como ignoraba el ritmo de crecimiento de estos árboles y desconocía la antigüedad del edificio de madera, se quedó en un simple recorrido óptico y mental por aquel esbelto y magnífico amasijo de clorofila, mientras amodorrado agradecía la presencia de los contertulios.

Los pilares de madera que sostenían el ostentoso palafito pintado de rojo granatoso, ya espolvoreaban el serrín producido por la carcoma, aún habiéndole dado varias manos de pintura algunas tablas y vigas más castigadas por la humedad, sonaban huecas y acribilladas por las voraces larvas que con sus madrigueras habían vaciado la madera, no era de extrañar que el juicioso padre tuviera en mente hacer algunas reformas al edificio, siempre contando con la aportación de Juan Marrasé, hablaba constantemente de construir un cuarto adosado a la vivienda con un retrete de los modernos en que poder sentarse, pues no era usual hacer sentado tales necesidades, y un depósito de cemento conteniendo el agua para lavarse en el interior de la garita, evitando como hasta entonces hacerlo junto las tinajas, expuestas al sol para mantener una temperatura idónea pero a la vista de los transeúntes, pues aun que no le daban excesiva importancia esta novedad les proporcionaría mayor intimidad. Era insólito ver un escusado de estas características en los hogares particulares, aunque era evidente que en los hoteles para los turistas existían y de mayor lujo, sus interlocutores escuchaban anonadados entre mimos irónicos la posición que deberían adoptar en tales retretes, todos coincidían en apuntar que no les resultaría práctico adaptarse a la nueva postura sabiendo la comodidad que supone hacerlo en cuclillas, en cuanto al depósito de agua para ducharse no le concedieron mayor importancia que la de un lujo que ellos no se podían permitir, por que seguirían vertiéndose el agua por encima con un cazo, a excepción que podrían hacerlo desnudos y no enfrascados en el sari como al intemperie. Hablaba con pomposa euforia de encementar la terraza, poniendo fin a la pesadilla que suponía para las mujeres que arrastrasen la tierra al interior de la casa con los pies descalzos, tierra rojiza que cubría el suelo bajo el porche de cañizos y láminas de zinc, les dibujaba y mostraba con ademanes eufóricos, con sus grandes ojos rojizos y chispeantes como quedaría el jardín, como los rosales recién plantados se enramarían por los pilares de la marquesina formando arcos llenos de flores, como quedarían las hamacas de los niños ahora bajo el porche, colgadas en las flexibles ramas del tamarindo, y como podría introducir el coche bajo el cobertizo sin levantar la polvareda habitual. Todo era hablar rebosante de vanidad sobre lo que haría cuando su hija se casase y Juan pagase la dote.

No debía llover aquella noche, pero llovió, llovió incesantemente hasta clarear el alba, el hombre del tiempo había dicho que se mantendría el cielo despejado, y sin embargo cayó un chaparrón que hizo correr el agua por las calles y limpió de papeles y desperdicios las aceras, fue una de estas tormentas que se crean y descargan rabiosas sin previo aviso y sin dar tiempo a predecirlas con antelación, era la furia enérgica del ciclón, imprevisible, arrolladora, tempestiva, violenta y a veces devastadora, que aunque las gentes conocieran estas acciones atmosféricas, nunca dejaban de temerle, y el pavor que producía el estruendo de los relámpagos no dejaba de atemorizar a los moradores de aquellas planicies, le recordaba las nubes que nacían inesperadamente a finales de agosto en los montes del Montsiá, precedidas de un aire de tormenta que no daba tiempo a tomar precauciones. Juan estaba sentado ente su escritorio más atemorizado por la resolución del juez que de los truenos que hacían vibrar su casa, había recibido noticias de España y estaba sacando sus propias conjeturas sobre la evolución del proceso, sabía que todo era una farsa ideada por los abogados, y que el propio juez se convertía en parte en aquel caso, tenían en su poder la legitimidad de los documentos falsificados, todos tenían razón según aquellos informes y todos decían sus medias verdades, y la suya era la más indocumentada, él intentaba defenderse con razonamientos emanados de los sentimientos, de motivos creados por necesidades imperiosas, y de su buena voluntad en querer hallar una solución de la manera que consideró más idónea, pero tanto el abogado particular de la acusación como la fiscalía se ceñían a aquellos documentos, que aunque eran evidentes Juan sabía que no eran ciertos.

Juan tenía un concepto muy particular sobre los letrados por qué la vida se lo había enseñado, él sabía que un abogado era mejor cuanto más capaz fuese de trasgibersar la realidad de unos hechos, por eso los mejores abogados siempre estarían al servicio de los poderosos y en consecuencia éstos siempre tendrían la razón. Poderoso caballero don dinero, como dijera el Arcipreste de Hita. Era el contencioso que puso punto final al descalabro económico de Juan Marrasé, y el principio de lo que propició su huida y refugio en aquel país donde se encontraba, desde donde meditaba sentado ante su máquina de escribir cual debía ser su respuesta a los requerimientos, frustrado por la impotencia de ver como entre todos se habían apoderado de su hacienda, del fruto de tantos años de esforzado trabajo y de todo cuanto había heredado de sus padres. Meditabundo e inclinado sobre sus codos sobre la mesa del escritorio Juan escuchaba la lluvia, y aunque se precedieran los cortes de fluido eléctrico intermitentemente, con regularidad iban penetrando a través de la ventana los flases cegadores de los relámpagos, que dibujaban su silueta en el centro de la estancia como el negativo de una película, y aprovechaba en releer una y otra vez el veredicto ínculpatorio, él sabía en que medida se estaba perjudicando con su ausencia a los requerimientos que lo citaba la justicia, sabía que tarde o temprano tendría que dar cuentas de su desaparición, que toda dilación englobaría en su contra el sumario, sabía que todos en cuantos había depositado su confianza en aquel asunto no moverían un solo dedo en su defensa, tenía el convencimiento que los veinte mil kilómetros que lo separaban era suficiente margen de aislamiento para que sus deudos omitieran los compromisos adquiridos antes de su partida.

Juan había permanecido en vela toda la noche, y aunque los primeros albores se estaban retrasando a consecuencia de lo encapotado que estaba todavía el cielo, los relámpagos ya se divisaban muy lejanos y los truenos muy diluidos y tardíos, todo indicaba que finalmente la tormenta había pasado, poco tardaría ya en pasar por la calle el pequeño rosario de túnicas azafrán, en oír el chirriar de las bicicletas y los estrepitosos escapes de los tuc-tuc en dirección al mercado, en humear en todos los hogares el primer arroz del día, en acudir niños y mayores a las charcas con el salabre para capturar los cuatro pecesillos escapados de las acequias que hubiesen desbordado; todo indicaba que con los primeros claros volvería la rutina cotidiana, y aunque era domingo y la chiquillería no tenía obligaciones escolares, era de suponer que con el bao del arroz recogerían sus mosquiteras y saldrían jubilosos a chapucear por el fango. Juan debería aprovechar la mañana para sus quehaceres, pues si despejaba ya tendría tiempo en descansar cuando el sopor bochornoso de la siesta, si algo no tenía que hacer aquel fin de semana era regar el jardín, pero sí restablecer alguna que otra plancha de zinc del tejado y del cobertizo que con el agua había advertido la situación de las goteras.

Había acordado en que Mak una de las hijas del señor Chong, iría a ayudarle a limpiar la casa y lavarle la ropa que había usado la última quincena, pero esto sería unas horas más tarde después que la muchacha hubiese terminado las labores que le correspondían es su casa. Mak era la menos agraciada de las cinco hermanas, quizás por ello fuese la más voluntariosa y servicial, bajita y de facciones diminutas dejaba escapar por sus pequeños ojos avispados ciertos recelos con los admiradores de sus hermanas, pero una amplia sonrisa cargada de complacencia cuando se le pedía alguna cosa en que pudiera sentirse útil, era la primera en levantarse y avivar la lumbre para el desayuno, en llenar el barreño y lavar su ropa y la de sus padres, pues cada hermana debía hacer lo propio con sus prendas, poner la olla de agua para el cuenco de palma en que cocía el arroz al vapor, y saltear las verduras y la carne picada en el kong, mientras bostezaban remolones el resto de los componentes de la familia recién levantados, merodeando en ropa de cama los fogones de carbón. Mak era sufrida y reservada, huraña y poco comunicativa en el ámbito familiar, quizás por que fuera la tercera, y de manera reiterada habían cometido el error de engendrar otra niña en una época de vicisitudes económicas, quizás por que durante su niñez pasaron por ella todas las enfermedades, desde el paludismo hasta los ataques periódicos de epilepsia, quizás por que con su belleza le sería difícil que algún joven se fijase en ella, pero era admirable la manera en que sabía ser complaciente, y adelantarse en todo lo que pudiera serle motivo de admiración; se había ofrecido la tarde anterior en ayudar a Juan en la limpieza doméstica, cosa que Juan sabría agradecerle de alguna forma, ella siempre aceptaba con deslumbrante y excesivo agradecimiento cualquier regalo, y Juan no escatimaba en gastos a la hora de recompensar estos favores, cualquier palabra amable la transformaba en un mudo regocijo de sencilla espiritualidad, tan callada que no podía advertirse a no ser que se ruborizara. La diminuta Mak tenía el encanto de las personas agradecidas que saben reconocer telepáticamente las buenas intenciones.

CAPITULO 12
LA RECOMPENSA

No cabía pensar en las prisas propias de los países industrializados, ni apremiaba el patrón monsieur Doupond con avances espectaculares, ni los hombres de las excavaciones ansiaban finalizar los trabajos para quedarse nuevamente sin un empleo que era bien remunerado. Juan Marrasé recordaba cuando realizaban algunas obras en su amada Tarraco, las prisas de los constructores por finalizarlas, los amantes de todo cuanto olía a vestigios romanos en retenerlas, e indagar los arqueólogos aquello que pudiera quedar en el subsuelo de lo que fuera capital de la Hispania Romana, los comerciantes deseando acelerar las labores de una vía pública que estaba perjudicando sus negocios, el vecindario con la queja continuada por el letargo laboral, de unas obras que habían irrumpido en su cotidianeidad provocando las molestias sonoras y polvorientas hasta Dios sabía cuando.

Pero aquellas excavaciones eran diferentes, sin tener que soportar el persistente traqueteo de las perforadoras, ni las palas mecánicas cargando los camiones, ni las increpaciones del vecindario por la lentitud de las obras, ni presiones políticas para agilizar las labores siempre cargadas de pretéritos intereses económicos, ni sarcásticos columnistas erigiéndose como altruistas conservadores de lo arcaico; aun qué era evidente que tanta rutina para hombres tan rudos como Gnú, tan extrovertidos como Meu, tan vivaracho y activo como Yung, y la impaciencia propia de la juventud de Ngen, les estaba invadiendo aunque no lo manifestaban el sopor de la monotonía, al único que la eternidad le hubiese parecido corta era al sedentario Chang, que con la parsimonia de un perezoso podía pasar toda su existencia sin mudarse de árbol. Tres años ejerciendo la misma labor, era tiempo suficiente para desear completar un encargo que no había ofrecido hallazgos espectaculares, al menos para la idiosincrasia de los componentes del equipo, pues habiéndose enriquecido de conocimientos con la minuciosidad del trabajo seguían alienados a la finalidad de este.

Juan proyectaba y añoraba su regreso a España, sabía que si su nueva compañera daba a luz allí, difícilmente podría transportar su retoño hasta la mayoría de edad, y esto le supondría un exilio voluntario excesivamente largo. La burocracia es un obstáculo inalterable que condiciona toda vulnerabilidad al orden establecido, y hay que ceñirse a las relaciones internacionales en ocasiones ambiguas y otras estrictas, pero pensadas para salvaguardar el bienestar, la economía y la cultura de cada país. Por tales circunstancias inapelables, cuando las directrices son fijadas por el corazón e impulsadas por sentimientos personales, se ven obligadas a revelarse contra leyes y tratados que obstaculizan con estas barreras insalvables la conclusión de algún deseo.

Los movimientos migratorios canalizados por el norte de África que se han introducido en la península, es suficiente para que el resto de Europa pueda acusar a España de puente colaboracionista y amparador del problema africano, inmigración en ocasiones legalizada a través de las provincias españolas de África, otras introduciéndose los inmigrantes en un viaje desesperado a la tierra prometida con las pateras de la muerte a través del estrecho. Al igual que el paternalismo protector del que necesitan amparo por vínculos de consanguinidad muchos estados de Hispanoamérica.

Cuando las autoridades a quién competen decisiones tan drásticas y rotundas como el tránsito de emigrantes, tajan de cuajo cualquier flexibilidad existente en otros países u otras épocas, saltan los ataques de organizaciones para enmarcarlos en un contexto de racistas y xenófobos, sin querer asimilar estos grupusculos que se alzan como defensores de unas causas sentimentalmente justas, que quienes tienen la responsabilidad de velar por el cumplimiento de las leyes al igual que quienes las dictan, lo hacen pensando en el bienestar común de los ciudadanos, y la verdad solo tiene un camino aunque queramos llegar a ella por diferentes atajos, en un país como el nuestro donde la tasa de paro es la más alta de Europa, donde la renta per cápita es una de las más bajas, no se puede asilar el éxodo provocado por tantas guerras y miserias en tantos países, y en esto la opinión pública influenciada por los medios de comunicación, se dejan arrastrar por un fraternalismo tan racionalmente compasivo que desemboca en una exagerada parodia, autoimpuesta por una culpabilidad inexistente e innecesaria, por que quienes marcan las directrices lo hacen pensando en el futuro de sus propios hijos, y evitando el incremento de la mendicidad, delincuencia, droga, proxenetismo, y enfermedades que en diversas ocasiones ellos por su raza o el hábitat donde proceden son inmunes y contagian la población desprevenida. Pero tales decisiones suelen ser mezquinas cuando afectan sentimientos personales, enfureciendo a quienes sufren los despropósitos de tan tajantes leyes, mancillando su honor incluido en un mismo caldo de cultivo, donde hombres de buena fe son reflejados en sus semejantes introversos.

Nueve meses es un periodo relativamente corto, cuando en este tiempo se quieren alcanzar diferentes objetivos, paralelos pero distintos, ligados pero distantes a la vez, con las afinidades objetivas que solo en la mente de Juan Marrasé podían tener cabida, con tanto énfasis y en una precisión tan cronométrica, como observando el punto lejano de fusión de dos paralelos, uno la conclusión de la obra, y otro concluirla dentro del plazo que establecen las leyes naturales en la gestación de un ser humano. Debía legalizar su situación en cuanto a la compañera sentimental, pues los esponsales celebrados con los rituales propios de la tierra, no tenían validez alguna ante la legalidad administrativa, y podía convertirse en el tortuoso camino que para los neófitos supone la burocracia, aun que siempre le quedaba el recurso de monsieur Doupond práctico en el manejo del soborno a todos los niveles y en todos los estamentos.

Juan Marrasé sabía que habría un antes y un después de su regreso a España, como hubo un antes y un después de su partida, sería ingenuo creer que desconocía los riesgos que debía enfrentarse, debía hacer frente a las decisiones de la inflexible y dogmática justicia, a los avispados y carroñeros acreedores siempre prestos a partirse los despojos, a los escurridizos deudores causantes de tantas estafas y siempre ausentes, enfrentarse a subsistir de un sueldo después de haber perdido empresas hacienda y patrimonio, encontrar este trabajo estable en el que subsistir, en su país de la vieja Europa donde la tasa de paro era alarmantemente alta; pero además tenía que arriesgar su futuro, jugarlo todo en una carta, no era solo él quien debía cambiar la forma de vida, pues de alguna forma sabría adaptarse a todas las vicisitudes, para su compañera supondría un giro de ciento ochenta grados, un cambio casi metamorfósico, tendría que adaptarse a un mundo totalmente desconocido, a unas costumbres ajenas a sus conceptos de la vida, del trabajo, de la organización familiar y ciudadana, del clima, del paisaje, de la comida, del transporte, de la idiosincrasia de sus gentes, de las creencias religiosas... debía asimilarlo todo partiendo de unos conocimientos ínfimos, con riesgo a la añoranza, al enfriamiento de la relación provocado por el distanciamiento y la libertad que le regalaría este mundo nuevo, alejada del respetuoso paternalismo que la condicionaba.

CAPITULO 13
EL RETORNO

Todo fluye y nada permanece.
Heraclio

Bostezaba el felino acurrucado a los pies del patrón, era un siamés blanco con collar y guantes negros de espeso y suave pelaje, al que le gustaba regocijarse de la protección que le daba su amo, que en su duermevela del bochorno de la tarde le iba acariciando con sus largas manos, utilizándolo como un sedante para armonizar su siesta en el sillón patriarcal, una de las adquisiciones estilo Luis XIV que había importado de su Francia natal.

Cuando la criada le anunció la presencia de Juan Marrasé, monsieur Doupond se incorporó para anudarse el cinturón del batín y el gato dejó de ronronear, y con paso torpe y rechoncho fue a estirar sus felinas zarpas sobre la alfombrilla bajo el escritorio. Una visita inesperada sin ser requerido, ni sin ser fin de semana alterno como correspondía al informe quincenal, como venía haciendo el último año para notificarle todos los pormenores, era de suponer que algo extraordinario había sucedido. Monsieur Doupond impaciente y temeroso ofreció asiento al instante a Juan Marrasé, e hizo sonar la campanilla para que les sirviesen un anisete con la correspondiente agua bien fría, era tanta la perfección que exigía en todo que hasta para escuchar las noticias por simples que fueran, gustaba de acomodarse con su parsimonia para no dejar escapar ningún detalle a su capacidad auditiva y intuitiva, estudiaba a su interlocutor como si se tratase de un psicoanálisis, sin dejar de escucharlo detenidamente, cualquier movimiento de las manos, la forma de aspirar el humo del cigarrillo, la manera metódica de cruzar las piernas, cualquier mueca o gesto que pudiera inducirle a descubrir preteritamente algo que le iba a ser expuesto o que por alguna circunstancia se le pretendía ocultar.

Así se le adelantó a Juan con una sencilla observación: Por el nerviosismo que advierto en usted, y las ansias que muestra por contármelo, intuyo que ha acaecido algún descubrimiento espectacular, de lo contrario se hubiera afeitado esta mañana antes de salir del campamento, y habría pasado por su casa antes de venir aquí a cambiarse de ropa y da calzado, pues todavía está impregnado del barro negruzco de las excavaciones.

Ciertamente Juan Marrasé no había pasado por su casa, ni se había afeitado aquella mañana, con las ansias incontenibles de relatar el descubrimiento a su protector, había descuidado las buenas formas que más que exigir imponía el acudir a su presencia. Finalmente hemos hallado lo que buscábamos monsieur Doupond, dijo Juan Marrasé jadeando por la impaciencia y el nerviosismo, exaltado por la emoción de transmitir la noticia, rebozando tanta satisfacción que le impedía coordinar las palabras como si en la boca se le amontonaran todas a la vez, y la lengua no diera tiempo a articularlas a la velocidad del cerebro, hasta que el patrón lo calmó acercándole el vaso blanco de agua fresca con su quinta parte de anisete, para que refrescase su seca y sedienta boca y así poder tomar el hilo del relato con la solemnidad pertinente.

Cuando cayó el meteorito aproximadamente en los albores de nuestra era, despedía tal intensidad de calor que los supervivientes tuvieron que evadirse, y con la erosión de los años y el cráter que abrió el impacto se fueron ocultando los restos destruidos de la ciudad, además al ser tierra alejada de las ciudades contemporáneas a su época, distante de los reinos belicosos del norte y del sur, creció en el anonimato de la selva cerca del cauce fluvial como elemento imprescindible, y quedó olvidada en su pasado como ocurriera con Samarcanda, Tebas o Chichen Itzá, ciudades florecientes y bulliciosas en su tiempo, reinos que vivieron en la abundancia de su riqueza, que movían el comercio de metales preciosos, que moraron los más ricos reyes y señores acumulando grandes fortunas, hasta que por cualesquiera circunstancia fueron devastadas, saqueadas y con el paso del tiempo olvidadas. Pero con la grata diferencia que esta pequeña fortaleza no fue ni saqueada posteriormente, ni dioles tiempo de llevarse sus riquezas a los moradores que no perecieron, suponiendo que los hubieran. Una ligera mueca fue suficiente gesticulación para mostrar su complacencia monsieur Doupond, pues era hombre de pocas muestras de alegría a través de su faz, esto no le impedía de participar de la satisfacción de todos.

La pequeña fortaleza había sido excavada dentro del plazo que consideraban lógico y necesario, lo que fuera el piso firme de las calles quedaron al descubierto, la muralla y los restos de paredes de los edificios fueron limpiados hasta la base y restauradas las partes endebles, fueron cuidados con mucha delicadeza todos los murales que aunque difuminados por la humedad conservaban los trazos de una pintura resistente, todos los fragmentos de utensilios y armas se ordenaron clasificaron y empaquetaron, las joyas halladas en los sótanos, consideradas el tesoro real, pues el laberinto subterráneo que costó dos meses en alcanzar su recorrido, demostraba que fue ideado para los señores del lugar, fueron etiquetadas y guardadas en tres grandes arcones de madera, y custodiadas por Ling el hijo de monsieur Doupond y el mismo Juan Marrasé, hasta introducirlas en la cámara acorazada que el magnate poseía en las bodegas de su mansión, junto tantas otras reliquias de diferentes confines a la espera de su oportuna restauración o venta. Los mosaicos de los palacetes y edificios principales con sus alegorías de aves y flores, así como todas las ornamentas y cenefas engalanadas de las paredes fueron cubiertas por amplias lonas de plástico para protegerlas del intemperie, la inmensa roca meteorítica, limpia de polvo y cobijada sobre el cráter que perforó en su base, quedó inerte en su cavidad pero cubierta también con la fibra plástica. El diario de las excavaciones le fue entregado a monsieur Doupond por requerimiento de éste, donde día por día estaban anotados todos los pormenores, los avances, los descubrimientos, las vicisitudes y los gastos.

Gnú, el hombre venido de los bosques, que lo conocía todo y no temía a nada, aceptó de buen grado quedarse de vigilante en aquella nueva morada que le había trabajo y cobijo los últimos años, no tenía nadie quien lo esperase y como fuera un hombre criado y crecido en los bosques se consideraba autosuficiente en todo, reservado y perspicaz no temía a la soledad por estar acostumbrado a ella, ahora tenía unos búfalos con que distraerse y unos perros con quien dialogar, y unas construcciones que le daban cobijo donde sentirse como un rey en su feudo. Los demás dijeron regresar a sus orígenes, con suficiente dinero para vivir holgadamente los dos años venideros, excepto Meu que seguramente lo quemaría en burdeles de la capital en pocas semanas.

En la fiesta de despedida que dio monsieur Doupond al pié de la insigne fortaleza que habían descubierto, todos comieron y bebieron hasta la saciedad de los mejores manjares, Chang se atiborró tanto que le era imposible moverse después, Meu era evidente que tenía que emborracharse y dar la nota, pues tanto tiempo privado del alcohol no le había supuesto ninguna cura de abstinencia, todo lo contrario le había producido un deseo más desorbitado de reencontrarse con el etílico, el joven Ngen asistió en las tareas al equipo de cocineros y sirvientes que trajo monsieur Doupond para la ocasión, pues aunque todos estaban en su nómina nunca habían pisado las excavaciones, Ngen sí volvería con los suyos, con la sabia intención de establecerse por su cuenta en algún negocio callejero de comidas rápidas, pues no en vano había procurado ahorrar hasta el último bhat para independizarse. Gnú, comió bebió y guardó todos cuantos avituallamientos pudo para días venideros, pues prefería estar el máximo de tiempo posible sin acudir a por provisiones, ni a depositar el dinero a ningún banco pues desconfiaba de ellos, prefería guardarlos escondidos en algún recoveco antes que dárselos a guardar a otros, pues según decía no necesitaba a nadie que le administrase su dinero, de la misma forma que prefería abastecerse la dispensa, aun que sabía que periódicamente vendría algún empleado de su patrón a traerle provisiones.

Yung, que desde la muerte de su madre había envejecido visiblemente, se lamentaba constantemente que ahora que tendría dinero no tenía una madre a quién dar de comer, él volvería a su casa, a sus recuerdos, a acabar sus días cerca de los restos incinerados de su progenitora, a encontrarse con sus ancestros y disculparse de su discordada vida de trotamundos. Ling, el hijo de monsieur Doupond, estaba contento y triste a la vez, contento por que en ese tiempo había aprendido otro tipo de camaradería de la que viviera en la escuela o en la universidad, e incluso de la aprendida en el monasterio con los monjes, aquí aprendió de maestros forjados en el campo, en los bosques, en el mar, en el ejército, aprendió o al menos escuchó las penalidades de cada uno para subsistir, la vida de los burdeles y los bajos fondos, la vida errante de cada uno de los allí presentes, sus altibajos, sus maquinaciones, sus debilidades, sus perversiones, que ninguna de ellas encontró escrita en las enseñanzas de Buda, pero aprendió también que aquellos hombres forajidos o desertores tenían corazón, tenían sentimientos nobles si se les daba oportunidad de demostrarlo, y aunque alguno fuera un paria y podía nuevamente volver a las andadas, fueron durante este tiempo como una familia. Pero también Ling se sentía tristemente conmocionado, por que todas estas experiencias habían acabado y no volvería a verlos jamás, además se le acabaron las clases nocturnas de español que le diera Juan.

Juan Marrasé, como tenía previsto volvería a España, monsieur Doupond se había encargado de legalizar la documentación, de untar al cónsul y algún secretario de la embajada para que Juan pudiera regresar con su compañera ya en avanzado estado de gestación. El dinero le sería depositado en un banco de Marsella a través de uno de sus marchantes que operaban en Europa, no era una gran fortuna pero suficiente para afrontar el primer impacto del retorno.

El azul en su abanico de tonos se dispersaba acorde con las profundidades, mientras sobrevolaba la costa barcelonesa el Boing 747 de la British Air Ways, Juan Marrasé vio nuevamente el Mediterráneo, su añorado mar, el mar de su infancia, el mar de toda su vida, el mar que lo había sido todo para él, el mar que le entrañaba tantos recuerdos presentes en cualquier recodo de su mente, el batear pausado del oleaje, que desde la altura se difuminaba la espuma blanca entre el azul celeste y los ocres de las rocas y playas de arena, aquel era el mar que le pertenecía, donde había sido concebido y crecido, el mar que conocieran sus antepasados, el mar que había forjado sus sueños de juventud. Pero ahora retrocedía hacia un futuro incierto, nadie lo esperaría en el aeropuerto, no tendría ningún recibimiento triunfal, no habría personalidades ni amigos para darle la bienvenida, ni siquiera su familia vendría a recibirle, estaría solo, muy solo, nada a partir de ahora tendría que ver con su pasado, no era un punto y seguido que hubiese dejado en la redacción cuando se fue, ni siquiera un punto y aparte de un mismo artículo, era un volver a empezar y acarreando el lastre de una mujer embarazada de ocho meses.

Por un momento cruzaron su imaginación infinidad de flases con arrepentimientos, de volver a irse, de la forma en que se fue, de la forma en que volvía, inculpándose de su impulsividad, de los derroteros a los que había llegado imprudentemente, de su cobardía ante las situaciones críticas. Aunque algo muy importante había aprendido durante su estancia en Asia, algo que le había hecho cambiar su concepto de la vida y de las cosas, el espíritu budista y la religiosidad de sus gentes, le habían impregnado de incienso de los templos y de sencillez, de lo doloroso que supone el apego, de lo superfluas que son todas las cosas terrenales, de la impermanencia y del estado cambiante de todos y todo cuanto nos rodea, de las causas del sufrimiento y el camino que conduce a ellas, de cómo evitar el sufrimiento, había aprendido por la bondadosa clarividencia de los monjes, las enseñanzas de Buda y el Noble Sendero Octuplo que predicara el Iluminado.

Había conseguido un karma positivo en todas sus acciones, aunque sabía que para otros su conducta no sería la idónea, pero consideraba correcta su manera de obrar y se sentía fortalecido por la paz interior que lo guiaba, sería criticado y mofado por importar una mujer en su situación dudosamente delictiva, de cargar con unos dispendios que ignoraba como sufragarlos, pues el tamiz por el que mide nuestra idiosincrasia no da cabida a los perdedores, y Juan Marrasé era uno de ellos, no mide por acciones buenas o nobles, ni por sentimientos que les resulten vacuos o invisibles, ni por emociones internas y mudas que no puedan asirse como algo material, y aunque dejen a libre albedrío gran pluralidad de conceptos y matices siempre que no excedan los límites establecidos, pero siempre ligados al cuerno de la fortuna como cordón umbilical de nuestra sociedad. La explícita frase popular "tanto tienes tanto vales" no es una metáfora sin fundamento, es el concepto frío y real de una mentalidad transmitida por los genes, que idolatra el poder material. Temía emotivamente que se produciría el choque, como las corrientes submarinas al juntarse dos océanos, sabía que reencontrándose con su pasado produciría el gran desequilibrio emocional, atender a sus deberes no prescritos sería una dura carga a afrontar, omitir durante tanto tiempo sus obligaciones le acarrearía perdida de derechos, sería excesivamente costoso si quería ocupar el lugar que le correspondía, todos los temores al incierto futuro le ahogaban nuevamente, mientras el Boing de las líneas aéreas británicas iba efectuando su acercamiento a la pista.

Era el día de San Jordi, patrón de Cataluña y Juan Marrasé debía prepararse para ser juzgado, los abogados de la parte opuesta le pedían ingresar en prisión, las Ramblas iban concentrando el jolgorio de la festividad, hierros, tableros, cajas, todos preparaban sus paradas de libros y tenderetes de flores, se respiraba la fiesta que se avecindaba, nadie quería perderse la oportunidad de colocar su estante en el mejor sitio, frente la Boquería unos municipales daban instrucciones a los comerciantes y organizaciones, muchos se lanzarían este día a la venta sin interés lucrativo aparente, pro asociaciones, viajes fin de curso, hermandades, colegios. Un pequeño altercado frente el Liceo entre noctámbulos y madrugadores fue sofocado inmediatamente por la policía. Juan Marrasé salía capibajo y meditabundo de la calle Nou de la Rambla, el pasaje más recto con Paralelo para enfilarse hasta la Plaza de Cataluña, y procuró esquivar la refriega por no encontrarse con más problemas. Después que decretaran su búsqueda y captura cuando se hallaba en paradero desconocido, fue sentenciado por la sala segunda de lo penal a dos años de prisión por un delito de estafa, y al pago de una sanción diez veces mayor a lo que presuntamente había omitido, amen de minutas astronómicas de abogados y procuradores, así gastos de juicios y peritajes. Ahora iba pensando en que fianza le podrían aplicar con sus antecedentes tradicionalmente inmacuos, si aceptarían el recurso indocumentado y superfluo de su abogado, aunque lo suyo era insignificante en comparación con los otros casos que se debatían en el país, que estaban involucrados presidentes de grandes entidades financieras, jueces de los más altos estrados de la nomenclatura y personalidades relevantes de la política, pero Juan no tenía argumentos legales para pretender una salida airosa e inmune de aquella maquiavélica encerrona.

Dentro de unas horas el paseo estaría abarrotado, no sería fácil acercarse a las paradas y tenderetes que ahora discutían por el espacio desde Canaletas hasta Colón, las floristas con su puesto fijo, iban descargando los manojos y ramos más vistosos traídos del Maresme, las pajarerías quedarían por un día relegadas a un segundo plano, todo indicaba que el buen tiempo anunciado daría una gran vistosidad a la fiesta y al colorido, pocas féminas quedarían sin al menos una rosa, bien fuera sola o envuelta con papel de aluminio o celofán, con una espiga de trigo o una cinta barrada o un estuche de plástico, pero ninguna querría renunciar a esta manifestación de amor de algún admirador, novio, marido, amante, hijo o simplemente compañero de trabajo, y ante tanta oferta constante e insistente, ningún hombre joven o maduro por muy recatado huraño o tosco que fuera, estaría libre de caer en la tentación de regalarle una rosa a alguien.

El aroma primaveral de las flores le recordaba a Juan Marrasé los rosales de su masía, aquella casa solariega de sus antepasados que hacía unos años tuviera que malvender, cuando al unísono se le volcaron encima todos los acreedores y optó por la venta para sufragar su huida, recordaba los arcos formados con sus ramas punzantes en su creciente estado de verdosidad en estas fechas, y sus pétalos que variaban del más blanco y puro hasta el más granate y oscuro terciopelo, el zumbido de las abejas recorriendo su polen que injertaban cada año nuevos tonos jaspeados.

Aquella madrugada serena con la brisa salada que subía del puerto, volvía a sentir como la soledad le había calado hasta la médula de los huesos, le había impregnado con su inhóspita desidia, había ahuyentado hasta los vientos del desamor, y escuchaba por doquier el troquel apocalíptico del olvido. Había arriesgado todo desatendiendo consejos gratuitos y desapegados, ninguna de las experiencias divulgadas en su entorno podían tener cabida en él, ningún relato paralelo lo asemejaba a su conducta, todo le parecía anónimo a la persona con quien había rehecho su vida. En algún relámpago de lucidez incierta, fluían destellos que lo situaban sobre sus propios pasos, recordaba el tono irónico en que los guardias de aduanas acogieron a su compañera "otra madrona para algún burdel". Las estadísticas suelen variar en escasas ocasiones, y aunque en determinados casos tengan un margen de error cuando son utilizadas para el gasto público, en estadísticas inmigratorias el margen de error es más ajustado, y los agentes de aduanas no erraron su pronostico. Ped había conocido otras conciudadanas que vivían del arte tan extendido en su país, y le animaron a hacer sus pinitos con que obtener buenos beneficios, lejos estaba de reprimendas paternales o reproches que inquietaran el nombre de su familia, lejos estaba de ataduras que la sujetaran a ningún condicionamiento económico, el nuevo país le había ofrecido unos privilegios impensables en su anterior morada, una libertad que nunca anteriormente había imaginado, una facilidad para auto independizarse muy ajena a las costumbres de sus ancestros, nada de lo pactado tenía validez en este nuevo horizonte que le descubría fantasías que solo podía haber visto en las revistas del corazón, ningún acuerdo entre Juan Marrasé y su padre le obligaban en la distancia fidelidad y sumisión, ni devolverle el doble de lo pagado por ella ni a dar explicaciones sobre su conducta, estaba muy lejos de las raíces que la podían atar a tales requisitos.

Juan Marrasé empecinado en concluir su cuenta pendiente con la justicia se había presentado voluntariamente, en el careo todos aportaban pruebas contundentes y aunque falsas eran acusatorias, nunca anteriormente había pasado por situaciones tan degradantes, sus acreedores se crecieron, sus deudos le negaron, sus amigos se inhibieron y sus enemigos le acusaron, Juan no se sentía un rey destronado por una revolución del pueblo, más bien un benefactor perseguido por las huestes del inquisidor Torquemada, que habían pactado su hundimiento hacía un lustro, y ni en su ausencia pudieron olvidar las migajas que podían repartirse de sus despojos.

Era una madrugada cálida, con un cielo tan despejado que podía adivinarse que sería un día espléndido que enaltecería la festividad, el camión cuba de las brigadas de limpieza con el vocerío propio regaban el paseo más tradicional de Barcelona, Juan meditaba en el dinero oculto que tenía en aquella oficina del Credit Lionaise de Marsella, si lo utilizaba para pagar su fianza quedaría como el más mísero de los indigentes que deambulaban por las calles, y dormían en los portales cubiertos con hojas de cartón, si guardaba total mutismo sobre los beneficios de aquellos años de trabajo tan lejos de su patria, cumpliría una condena injusta, pero aferrándose a su insolvencia, no le atosigarían los buitres y otros carroñeros menos agresivos pero tan voraces como los primeros, podía apelar a su buena conducta, a su buena voluntad y predisposición en cumplir la sanción impuesta, quizás podría emocionar algún magistrado imparcial y atenuarle la pena, el abogado de oficio que le habían asignado le confió de antemano que todo estaba perdido, que solo cabría esperar de la providencia que le concediesen una reducción de la pena.

La niña que naciera hacía un año en el Hospital del Mar, que Juan había arriesgado todo por ella, que volvió a España pensando ofrecerle un país de libertades, de igualdad de la mujer, de una enseñanza abierta y objetiva, de un hogar donde reinase la armonía familiar, la niña de sus ojos, aquella criatura concebida por amor al menos para Juan Marrasé, que conjugaba en sus facciones los rasgos de oriente y occidente, ahora estaba al cuidado de una prostituta retirada afectada de cirrosis y su compañero alcohólico como ella, conviviendo en un apestoso ático de treinta metros cuadrados, entre perros e inmundicia fruto de la desidia y el abandono, un ático del Arrabal donde se amontonaban jeringuillas en todos los rellanos de los seis pisos, para que Ped ahora con un nombre artístico más idóneo a su profesión pudiera deambular sin ataduras. Juan encolerizado e impotente por el estado en que encontró su hija, quiso arrebatarle la custodia, contrató y pagó los servicios de un acreditado abogado de la calle Valencia, pero pasó el tiempo y la justicia omitió toda acción, los letrados toda gestión, y Juan Marrasé con los dineros de su trabajo menguados, tuvo que aceptar la custodia de la madre aunque con la patria potestad compartida, pero pudo imponerse para que cuidase de ella otra persona fuera de aquel antro infrahumano y antihigiénico, donde pudiera visitarla y sufragar sus gastos al cincuenta por ciento.

Poco pensaba Juan en los sufrimientos que le aguardaban tras su vuelta, poco inducía las calamidades que tendría que afrontar a su regreso, había dejado tras sí un país idílico, unas gentes nobles e inmaliciosas, que le abrieron sus puertas sin conocerle siendo un extranjero de escasos recursos, pero su economía les importaba bien poco después de conocer su talante benefactor, que supo adaptarse a su forma de vivir y de pensar, que hizo suya la idiosincrasia de su entorno, que les hablaba de su país haciendo alardes de grandezas y bienestar social, de comodidades que ellos ignoraban y él había renunciado, de complementos útiles en occidente que ellos consideraban innecesarios, les hablaba de España y su regreso como quien vuelve al mundo civilizado, al mundo consumista donde mana la abundancia por todas partes, y ellos bocabiertos le mostraban su envidia sin maldad, por que creían que realmente debiera ser así. Y ahora Juan en su ir y venir comprobaba apesadumbrado que realmente aquel era el paraíso donde quería y debía haber vivido.

Desde que saliera de la Modelo guardó total mutismo sobre sus andaduras, sobre recuerdos y aventuras, sobre glorias y avatares, sobre amores y desengaños, se convirtió en escéptico a los cambalaches políticos, miraba con absoluta indiferencia su entorno y los acontecimientos. Había adecentado una casita en el pueblo legado de un tío abuelo que restóle sin escriturar, con un pequeño jardín donde pasaba largas horas cuidando sus tubérculos, verduras y legumbres, donde ausente a cualquier acontecimiento, disfrutaba de la mansedumbre de un pastor alemán como única compañía a la sombra de una higuera, los seis meses que había cumplido de condena fueron suficientes para reflexionar, meditar y plantearse una reclusión voluntaria para el resto de sus días, había aprendido de la austeridad y podía ceñirse a ella, había aprendido de la soledad y sabía disuadir sus pensamientos externos, había aprendido a buscar en su interior y en él se refugiaba, nadie sabía de él ni a él le preocupaba su entorno, con los años había perdido el talante, el aplomo y la capacidad de persuasión que en otro tiempo hubiera en él, había perdido todo rasgo de hombre pertinaz intuitivo y elocuente, vivía para su interior y de él se alimentaba, se convirtió en el más retraído y suspicaz de los hombres, se convirtió en uno más de aquella generación que lo dio todo a cambio de nada.

Ramon Marti Moliné

nacido el 2 de junio de 1952
en El Perello (Tarragona)
militante socialista desde 1974
ha publicado poesia y ensayo
ocupo diferentes cargos despues de la muerte de
Franco
actualmente esta jubilado y se dedica a escribir

esta novela la termino en 1994

*

Né le 2 Juin 1952
à El Perello (Tarragona)
Militant socialiste depuis 1974.
Il a publié des essais et de la poésie.
A occupé différentes fonctions après la mort de
Franco.
Il est actuellement à la retraite et est en train d'écrire.

Ce roman a été terminé en 1994.

*

Ramon Marti Moliné

Éditeur : Books on Demand GmbH
12/14, rond-point des Champs Élysées
75008 Paris
www.bod.fr

ISBN : 9782322138524

Dépôt légal : février 2017

Réalisation et mise en page : Pierre Léoutre
15 rue Jules de Sardac
32700 Lectoure (Gers – France)
pierre.leoutre@gmail.com
06 51 08 36 90